U0003885

LOCUS

LOCUS

LOCUS

LOCUS

mark

這個系列標記的是一些人、一些事件與活動。

mark 172
洞洞舞廳：
跟曖昧中國一起跳舞
作者：周成林
編輯：鄭昕華
封面設計：日央設計
校對：聞若婷
出版者：大塊文化出版股份有限公司
台北市10550南京東路四段25號11樓
www.locuspublishing.com
讀者服務專線：0800-006689
TEL：(02)87123898 FAX：(02)87123897
郵撥帳號：18955675　戶名：大塊文化出版股份有限公司
法律顧問：董安丹律師、顧慕堯律師
版權所有　翻印必究

總經銷：大和書報圖書股份有限公司
地址：新北市新莊區五工五路2號
TEL：(02) 89902588　FAX：(02) 22901658
初版一刷：2022年8月

定價：新台幣400元
Printed in Taiwan

洞洞舞廳

跟曖昧中國一起跳舞

周成林

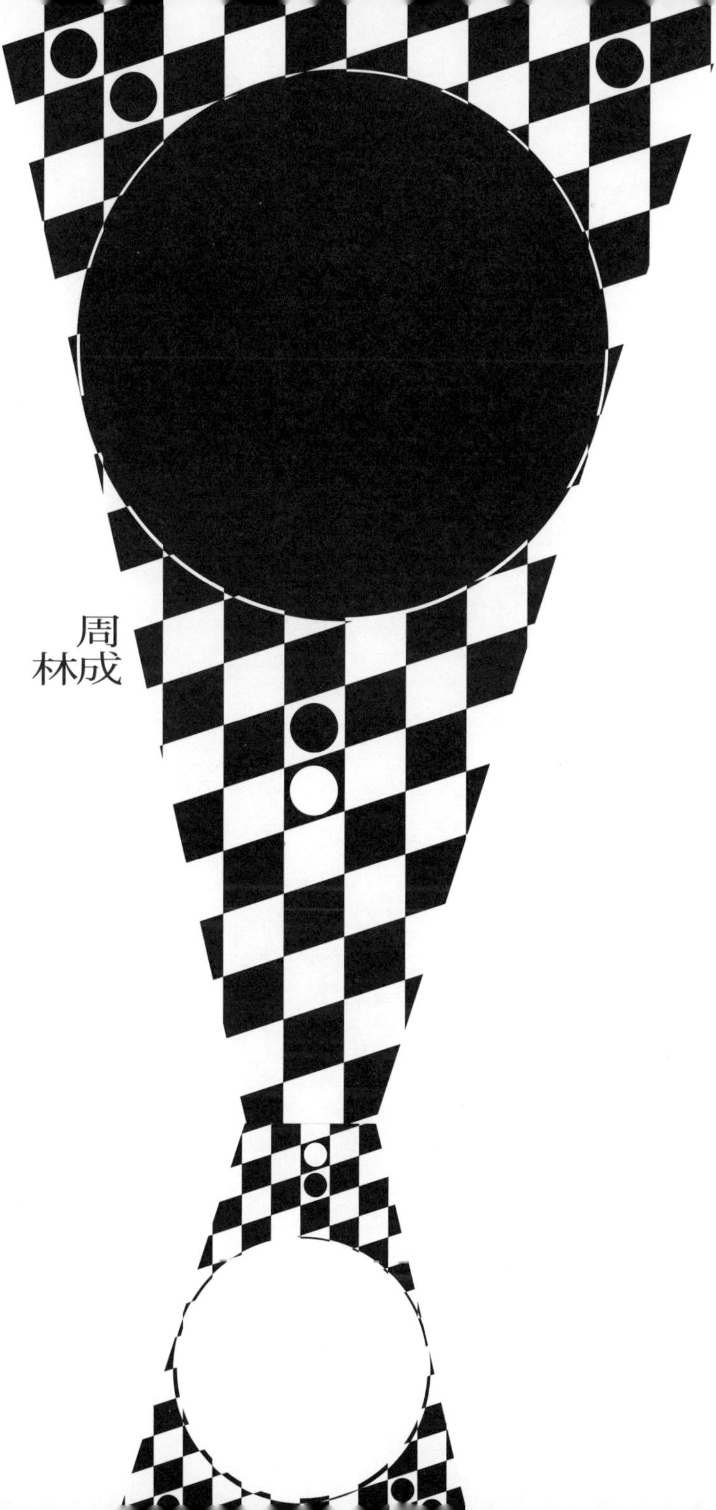

又名「愛與希望的舞廳」

導讀

夢裡不知身是客，別時容易見時難

盧郁佳

上大學前的暑假，我在上海待了一個月，用雙腳把市內市郊走了個遍。在這充滿性騷擾的地方必然存在的行業卻不見蹤影，回程去機場的計程車上，我問司機大爺：「這裡的妓女在哪兒呢？」他說沒聽清楚。我信以為真，再問，一樣。我換著問：「這裡怎麼叫雞？」他答：「我不知道妳在說什麼。」我恍然大悟，靜默了。

司機要用「我不知道」搪塞我很容易，但他不。無論他承認知道或推說不知道，他都跟我討論起一件嚴禁跟外人討論的事了。妓女在哪裡，不僅關於妓女，也是犯罪告白，這尋常一問就使我成了警察，車內成了偵訊室。

涉入禁忌領域，日譯《銀座媽媽桑說話術》、《ROLAND我和我以外的人》等系列明星教主教你如何成功，有《最貧困女子：不敢開口求救的無緣地獄》、《裏面日本風俗業界現場：對走投無路的最貧困女子來說，風俗業界為什麼會是最後救贖？又或是，註定沉淪的地獄？》、《瀕窮女子——正在家庭、職場、社會窮忙的女性》由性產業底層探討女性貧窮。台灣有警員張榮哲《樓鳳，性淘金產業大揭密》俯瞰產業鏈，陶曉嫚《性感槍手》、《手槍女王》寫手槍店小姐。甚至搭劇集《華燈初上》熱潮，推出了敦子媽媽《華燈之下：條通媽媽桑的懺情錄》，就是獨缺嫖客觀點，最接近的是外籍漁工經紀人李阿明《這裡沒有神：漁工、爸爸桑和那些女人》旁觀碼頭流鶯。

然而，中國作家周成林的報導散文《洞洞舞廳》開天闢地，脫去偽裝，在機器國度裡有一個活人誕生。因為舞廳早年開在防空洞，所以人稱「洞洞舞廳」。此書訪談輾轉成都多間舞廳的自雇者老少舞女、退休老人常客，他們不知道被側錄，因而無所避忌地閒話家常，使前人多數顯得拘謹。作者身為舞客的視野，像杜可風的鏡頭般力求搖晃、俗艷。陌生人的鼻息、體臭或花露水味噴上讀者的臉，使人需要摘下 VR 頭盔喘口氣。

作者以黑色幽默開局，寫殘舊落伍的舞廳開在地下室，下午擠得像春運車站，舞女拉客像搶親般凶狠。舞廳盡頭有裡廳，便於雙雙對對打手槍、站立性交，孃孃觀音坐蓮、把老頭在沙發上超度。擠到「昏黑中，她的腳上一陣濕熱，原來是一旁誰的精液射到或滴到她的腳上」。保安帶手電筒、掃帚、畚箕穿梭人潮掃地，「若是裝上兩扇鐵門，就像奧斯維辛毒氣室了。」於是他暱稱此間為「毒氣室」。各篇落款寫於「毒氣室」、「羅馬」（作者住的便宜公寓樓），彷彿巴黎文人的花神咖啡、雙叟咖啡，是他靈感的泉源。

《洞洞舞廳》始於局外人的疏離，把嚴肅的營業看成煞有介事的荒唐胡鬧。像碧娜·鮑許舞蹈那樣發條玩偶的癲狂，每每從千軍萬馬衝撞之勢一瞬間挫身彈起，陣形更有如她的《交際場》：舞女站成四方陣，「淡定自若，守株待兔，男人團團亂轉，或在陣前張望，極似兩軍對壘，神色萬千，暗中較勁。」

寫舞女伴舞「吊帶短裙，汗津津，有些發福，一對乳溝深陷的大乳貼緊我」，髖部使勁磨蹭他的髖部。她北方口音，邊跳，邊在他耳邊高叫「我愛你」當禮貌，為了謀生。筆下舞女像周星馳電影鬍渣男扮「如花」尾指挖鼻孔，將女性特質、戀愛儀式誇張到怪誕，壓迫感吞噬鏡頭。反串醜女投懷送抱，受害者被勒頸掙扎高喊救命，觀眾笑噴，其實笑是需要解除緊張。周成林不寫他的感受，而通過寫舞女表達了嫌懼。像羅特列克畫紅磨坊舞會、妓院，舞女踢高裙擺、露出底褲，憔悴滑稽，狂熱蕭索。

舞客常有妻室、兒孫滿堂，穩定退休金花不完，沒有找個舞女解決不了的煩憂，一個不夠就來兩個。沒錢的男人也享有他們很小的生活裡很小的娛樂，鄰居快九十歲的大爺，常來坐著看人，「看看錶，九點半，該回去了，老年人要早睡。」「有些淡定常客，靠著椅背，脫了鞋子，兩腳蹺上另一把椅子，鬧中取靜，打個低俗的小盹。」像打禪一樣閒靜。

但他看著不到六十歲的舞女臉上脖頸皺紋，尋思她為何不在家含飴弄孫。看她無人光顧，猜測她嫉妒、悲涼。讀者期待他悲憫，但他不，真的假的一概不要。沒有郁達夫的自恨，沒有劉以鬯的綺想，只有如〈紅玫瑰與白玫瑰〉佟振保嫖得精刮上算，最好一臉生無可戀，貪戀與鄙夷交織，隱密地把喜劇推上高潮。

他說省城舞廳有潔癖的人不屑去，我想他也有潔癖，不是地方髒，是他嫌髒，迷戀這種髒，一種保持距離的迷戀，像用望遠鏡隔街遙窺心上人臥室的窗子。他喜歡他所討厭的東西，好像吃麻辣被螫得腫痛是愛吃辣的一部分。那悲傷的眼光，無論往何處看去，眼中一切都會顯得惆悵詩意。他不喜歡他的喜歡，一來總要假裝討厭它。

●

隨著日久混熟，怪誕奇觀轉為親熱家常。有的舞女白天伴舞，晚上在社區跟媽媽擺攤賣菜。有人得回老家開女兒幼稚園的家長會。有省政府高薪人員的妻子，兒子考大學了，老公每晚睡得像死豬捅不醒，她無性婚姻寂寞無依，老公一出差，她就溜出來開葷。我想她老公也不用裝睡了，去同志三溫暖玩通宵。

作者引述歐威爾《巴黎倫敦落拓記》「貧窮把他們從日常的行為規範之中解放出來，如同金錢把人從工作之中解放出來」，說坐在破爛的舞廳裡放鬆自在，「活著，哪怕活一天算一天，再怎麼都好；一切難以預料，誰知道明天會有什麼，這家舞廳像這樣還能堅持多久。」「這個不停蠕動變換的人堆，就像一個大盆子裝滿了水不停溢出，也像船上的一群人，船在晃，人也在晃，你必須抓緊不管什麼東西，不然就會跌倒或落水。」說著廣播立刻響起：「舞友們請注意，請後面有些舞友，注意你們的不文明舞姿，不要影響其他人跳舞，請你們馬上改正！馬上改正！」

這裡確實存在微小的自由，舞女雖然制度性地友善，但未割捨自我。有舞客指舞女扒竊錢包，脫衣搜身，稍後舞客在自己身上找到了錢包，使讀者感嘆伴舞有如失智長照。有舞客一來就使勁擠奶，像揉麵團，舞女捂緊胸口罵：「你揉麵粉坨坨嗦？換成我一上來就這樣摸你，你高不高興嘛？」男的都不好意思了。有舞客跳舞要性交易被拒，老羞成怒，賴帳還打人，舞女評論說壞老頭想不開，換成「年輕的，這頓吃不成，誒，回去還有吃的嘛」，「帥哥洗乾淨讓我舔遍他全身，我都願意。」女人也好色，一樣有獨占欲：作者在文中稱呼一位舞女是「張哥抱過的女人」，殊不知她也聞他脖頸說：「你身上有別的女人的味道。你要是我的男人，每天回家，我肯定要從上到下先把你聞一遍。」

她並不因身為自己而羞愧。

●

更多的是在愛情中欲拒還迎：

「哥哥，再過幾天我就走了。走之前，我想跟你睡一個晚上。」

「跟我跳過舞的人裡面，你是我最喜歡的。」

那晚，跟她跳完，他背靠柱子看人，突然被碰到。原來她在柱後抱著舞客跳，趁舞客埋首頸窩看不見，伸手拽住作者不放，出軌偷笑。

兩人開房間。旅館房間裡，他從廁所出來，她已給裝潢拍了幾秒影片，發給相熟的舞客。那人在非洲，曾在她窮窘求助時借給她五千塊。她還他錢，他還說「妳先用著，以後妳有什麼需要儘管說。」她說：「他這個人，我這一輩子都會記著。」「他剛才還說，非洲現在正是吃午飯的時候。你去過非洲嗎？」

「沒去過。」

「我也沒有。」

純情得漫不經心，天真爛漫得不像調情。她在男人床上，訴說對另一個男人的思念，卻讓人感到比什麼都親近，美得令人暈眩。不知道在這萬千打擊的環境裡，她竟不被磨損，獨自芬芳。

然後我擔憂，講借錢是不是她向作者借錢的前奏，不著痕跡證明她有借有還，永遠記他的情，引誘他取代前人的地位。「我最喜歡你」這話她是不是跟很多人都說？跟作者開房時聊別人，跟別人跳舞時伸手勾作者，是不是說明她玩弄感情的老練，善於挑撥競爭、激發征服欲，遠勝直接兜攬「搶親」？我徬徨了。賭一把才知道真假。作者沒有要賭，他本不相信建立在交易上的關係。

作者喜愛中老年舞女的樂天隨和，寫舞客一來就冷不防襲胸，舞女若無其事。我想，她會不會在桌底下狠掐大腿叫自己忍耐，會不會回家打小孩出氣？但對作者而言，恐怕這樣的疑問已越界了。

然而跳舞時勾別人，開房時聊別人，似乎親密時就需要拉別人來緩衝焦慮。像作者說他「愛上了舞廳」之前，需要用嫌棄的口吻把舞廳推遠一點，隱藏他的迷戀。他用寫舞廳來和舞廳、和人保持安全距離，既在場又不在場，以免暈船。作者自序說，喜歡舞女稱呼他嫖客而非作家。我想被視為嫖客也像隱身披風隱藏了他，令人安心。

本書令我恍然大悟，原來人人都有他的地下愛情生活。珍貴的感情扣打，有人揮霍在工作、打game、AV，有人追劇追星，單戀，約砲，劈腿。他們僅堪承受這樣的人際距離，計較成敗得失對他們太奢侈。人人都只有一輩子，用了就是用了，輸光也只能輸光。舞客和舞女，也只是寂寞人群當中的一份子。通過舞廳，折射出一個社會的緊張疲憊寂寞。

《洞洞舞廳》每頁都帶著漂泊客途、臥鋪車廂或陌生沙發上醒來的恍惚，夢裡不知身是客，日夜不分、不知寒暑，自問：「我在哪裡？」親暱嬉戲，轉身天涯。在失望當中鬆了一口氣，放鬆的底下是心痛。像陳奕迅，不同的旋律底下，都有一股揮之不去的心痛。

（本文作者爲作家）

目次

在舞廳過年　*110*

今晚，吃完團年飯，她本來想看春晚，但是，現在的春晚又不好看。七點鐘，還得等一個小時，她三心二意。還是出來跳舞吧，就騙孫女，說她接了一個電話，要跟幾個朋友打麻將。

跟舞廳的孃孃們聊天　*130*

周眼鏡想，等到哪天，他也成了沒有愛情之水流出來的老頭，射一次精等於要了他的老命，他不知道自己會不會也對女人這樣粗暴。也許不會。但他不敢高估自己。

跟舞廳的孃孃們繼續聊天　*149*

在敬老角，周眼鏡最喜歡看一位中年按摩師給舞客和舞女按摩。他有些瘦小，有些禿頂，不知省內哪裡人。他的手勢，很像交響樂團的金牌指揮，或像一個胸有成竹的魔術師。

在撒旦的燈光下　*170*

「一鍵燈光，就是這些舞廳都要裝白熾燈，亮得要跟寫字樓一樣，燈不能暗，而且只能有一個開關，不像以前，警察來的時候調亮，警察一走又調暗……」老頭說。

最黑暗的地方 *197*

孃孃伸出兩手給周眼鏡看，她的十指有些彎曲。風濕，她說，膝蓋也有，這麼些年，吃藥都吃了十多萬了。不像其他孃孃，她一個月只能跳十來天，每天可以掙個七、八十或八、九十。

洞洞政治學 *225*

因為這個國家並無合法的性交易和性場所（不論何種檔次），跳舞，尤其砂舞，就成了草根階層在外尋歡的性交（還有口交和手淫）前戲。舞池雖然漆黑一團，或者燈光朦朧，但這的確也是「公開的性交」，就像一位五元舞女告訴周眼鏡的：「他們在直播。」

附記　洞洞舞廳與街頭茶館 *265*

至少，對於草根市民，這裡還有五元一杯茶的街頭茶館與五元一曲舞的洞洞舞廳，比起大熊貓、川劇變臉、杜甫草堂、寬窄巷子和米其林川菜館，它們是真正的人間煙火。

自序

書中不同篇章，敘述者的人稱，從最初的「我」漸漸變成「周眼鏡」，乃是想要擺脫「我」的局限，也讓敘事更爲客觀，更有諷喻色彩。

前年六月到去年六月，「愛與希望的舞廳」系列在我的微信公號陸續出籠。隨後，線上或線下，好幾位讀者或朋友這樣問我：你寫的，都是真的嗎？這個問題，除了好奇，對洞洞舞廳知之不多，也許還有不好直言的疑問，夾帶幾分八卦：你真的在舞廳做過筆下那些事，遇到筆下那些人？

換句話說，這個問題可能也是：我相信你寫的基本上是真的，但這些，或許也有虛構加工，因為大家曉得，一個寫作者不必也不可能經歷一切，就像為了寫妓女，作者不一定要變成妓女，為了寫強盜，作者更不可能去偷去搶。

好幾年前，讀過英國作家派翠克．佛蘭區（Patrick French）寫的一本傳記，為了寫好筆下人物——一位跨越十九世紀和二十世紀的帝國主義冒險者楊赫斯本（Sir Francis Younghusband，中文名爲榮赫鵬），作者佛蘭區專程走了一趟傳主當年走過的中亞地區，行旅艱辛，翻越喀喇崑崙山口時，還盡量吃著傳主當年吃的食物，穿著傳主當年穿的冬衣。為了寫妓女或強盜，作家當然不必變成妓女或強盜。但是，有別於純虛構的寫作，非虛構寫作，跟廣義的歷史敘述乃至新聞報導更為接近，作者應該盡可能忠於真實和還原真實。

這個真實，且不說必要的資料爬梳與研究，僅靠聆聽（包括極為重要的偷聽）與觀察顯然不夠。你不單需要身歷其境，還得在很大程度上親身體驗，浸淫其中，絕不能像我讀過的某些中國記者寫的色情場所「探祕」、「曝光」，或像也曾寫過洞洞舞廳的作家廖亦武，到了「關鍵時刻」，要麼虛晃一槍，告訴讀者你手足無措托辭開溜，要麼寫自己把一個舞女請到酒店房間，也不跟她上床，對方立刻就像見到失散多年的親人，主動跟你傾訴一切，甚至像個異見人士那樣痛斥中共當局。這不真實，甚至有著智力優越感和道德虛偽，我憑直覺就能嗅到。

所以，用兩年時間浸淫洞洞舞廳，書寫洞洞舞廳，就像我在自己的另一本書《愛與希望的小街》自序所寫，「作家不必覺得自己與眾不同，更不應該自我膨脹」，不論智力上還是認知上。這兩年多，除了透過一位朋友認識的二三舞女，我從未告訴洞洞的孃孃和小姐姐自己是個寫作者，情願她們把我當成舞客，甚至嫖客。

她們也的確如此。去年夏天，省城舞廳疫情之後陸續重開，我遇到寫過的眼鏡胖妹。好幾個月沒有見到，她從西門的五元「毒氣室」跑到東門淨居寺街一家五元舞廳搵食。昏黑的舞池前，眼鏡胖妹依然露出半截豪乳，依然生意不好，只能像個廉價的站街女那樣伸手拉客。我跟她打招呼，問她還認得我不。「咋個認不到，某某舞廳的老嫖客嘛！」

我喜歡眼鏡胖妹這麼說。舞客（儘管我不會跳交誼舞，跳的都是砂舞）、嫖客、作家，三重身分循序漸進，或難分彼此。只有這樣，我才能盡量「踐行」上面提到的那句話：「作家不必覺得自己與眾不同，更不應該自我膨脹。」去年在英國《衛報》網站讀到一篇文章，說是作家雨果，生前也曾頻繁出入巴黎風月場所；雨果死後，花都性工作者集體為他送葬。

我當然沒有雨果那麼豪氣，浸淫當代中國的色情場所或準色情場所，更有十九世紀的雨果也想像不到的諸多風險。但是，舞女叫你嫖客，或老嫖客，至少是她對你的職業認同，不會對你心存戒備。而在嫖客或老嫖客眼中，她們放鬆自如「做生意」的時候，也是她們最有魅力的時候。

《洞洞舞廳》這本書，不是學者的社會學與人類學田野調查，也不是新聞記者的暗訪報導內幕揭密，只是一個舞客嫖客兼作家的非虛構書寫。我關注的首先是人，男人、女人，包括跳出自我，關注執筆的這位舞客嫖客兼作家。我想讓這本十萬字的書，盡量靠近非虛構的文學寫作。

書中不同篇章，敘述者的人稱，從最初的「我」漸漸變成「周眼鏡」，乃是想要擺脫「我」的局限，也讓敘事更為客觀，更有諷喻色彩。這個敘述人稱變化，定稿時我一度猶豫，究竟要不要統一處理或從一而終，最後一仍其舊，也讓讀者見出寫作者的微妙心理。為了尊重書中寫到的人物與場所隱私，抑且出於安全考量，我盡可能模糊或更換了這些人物與場所的真實身分或地址。

感謝騰訊大家編輯趙瓊兩年多以前約我寫寫省城的洞洞舞廳（我寫舞廳的第一篇〈愛與希望的舞廳〉，就是發表於騰訊大家）。若沒趙瓊「唆使」，我可能不會去洞洞舞廳鬼混，而且一混就是兩年，謝謝她讓我有幸成為舞客嫖客兼作家。

也要感謝所有鼓勵我的讀者，如同開篇所寫，這本書的所有篇章，都在我的微信公號陸續出籠，正是讀者的欣賞與打賞，讓我砂了下去寫了下去。

最後，必須感謝所有跟我砂過或沒有砂過的舞女。不依附建制的獨立作家靠自己的文字謀生，只依附恩客的獨立舞女靠自己的身體吃飯，我們是同類。

二〇二一年二月九日寫於金仙橋

愛與希望的舞廳

「女神」淡定自若，守株待兔，男人團團亂轉，或在陣前張望，極似兩軍對壘，神色萬千，暗中較勁。

一

第一次學跳舞，是一九八〇年代初。對於文革末期長大的人，交誼舞和迪斯可新鮮又新奇。那時沒舞廳，家庭舞會一般人無可踏足，喜歡跳舞的，喜歡看人跳的，大多跑去省城河邊的林蔭空地，多半傍晚，人頭湧湧，看的遠比跳的多，或許多數看客根本不會跳，要麼不敢跳或不好意思跳。

我快念高中了，半大不小，按理說沒資格學跳舞，所以最初基本是看，看那些時髦男女跳。他們穿得很像日本或港台電影明星，喇叭褲、花襯衫、蛤蟆鏡，男的頭髮留成大鬢角，女的燙了鬈鬈頭，還有伴舞用的錄音機，機身愈大愈氣派，最好日本原裝進口，放的多半也是港台流行歌。不像現在的廣場舞讓人厭煩，公開跳交誼舞，當時可是前衛時尚的同義詞，即使有風險，所謂資產階級腐朽墮落的生活方式，但再也沒多少人理會這些。

鄰居伍大郎長我十來歲，跟我講中國人文革以前或更早以前也是跳交誼舞的，如電影《一江春水向東流》裡面那段上海灘的探戈，不只是我在電影裡看到的男女「國特」或流氓阿飛的糜爛娛樂。然而，當時較為「正統」或「健康向上」的是集體舞，官方也提倡，傻乎乎的青年男女，一本正經然而心懷鬼胎，手牽手圍成一圈或一列，不像跳舞，更像走在社會主義的康莊大道上。

可是民間，尤其省城河邊，跳集體舞的幾乎沒有，都是三步四步加迪斯可，探戈估計是頂級了。有伍大郎做榜樣、做老師，我跟著學會了最基本的三步。四步較難，主要是還得學會所謂「穿花」[1]，學了一陣終於放棄，自認沒有舞蹈天賦。現在想來

1 作者註（未另外標註者，皆為作者註）：省城話，一種花式舞步。

遺憾兼痛心的是，我學跳舞，幾乎沒女舞伴，幾乎都是別人的女舞伴，一是找不到女舞伴，二是公開場合害羞，加之跳得不好，根本不敢去請異性。

也是那一陣，省城很快有了舞廳。跟著一幫同齡小混混，我只去過人民公園的露天舞廳，從前是旱冰場，記得台上還有樂隊。但我沒跳過，害羞，還是看，感覺像趕集。再後來，進了省級國賓館當服務員，知道「各級領導」也愛跳舞。國賓館俱樂部，一九五八年是中共成都會議會址。地板是好木頭，柚木，拋光打蠟，就是舞會的上佳場地，據說毛澤東周恩來都在這裡跳過。賓館有「重要政治接待任務」時，俱樂部晚上不是放「內部電影」，就是有舞會。會跳舞的女服務員都很積極，響應號召，參加這個「內部舞會」。可惜我是男的，依然不會跳，就連看也很少去看，錯過近距離感受的好機會。

不論河邊或公園，抑或「內部舞會」，那時跳舞，都不要錢，或不為錢，真的有點為舞而舞，哪怕跳的看的各懷鬼胎。後來「嚴打」，「端掉」跟跳舞有關的「流氓團夥」，聽聞還有「高幹子弟」，跳舞卻不犯法（法律並未規定不准跳舞），你情我願跳「黃色下流」的貼面舞，也不犯法。跳舞跳到吃槍子或坐牢，就因開了幾場「非牟利」的家庭舞會，絕對是歷史奇葩，冤屈且不能忘記，但畢竟時過境遷，現在也只有塔利班之流才會這樣治罪了。

查網上江湖人士的記敘，省城跳舞開始要錢時（也就是上個世紀八十年代末、九十年代初，舞廳大量湧現，有了所謂舞女，有了所謂素舞、砂舞之別，有了跳一曲要收多少錢），我要麼異常「幼稚」或「純潔」，要麼離開省城遠走澳門。到了新世紀，省城舞廳已如火鍋麻辣燙，神州聞名；所謂洞洞舞廳或砂舞廳，更是幾起幾落，但我要麼依然心不在焉，要麼幾度客居他處或到第三世界窮國流竄，就像當年自動錯過國賓館的「內部舞會」，我也錯過這幾波的舞海起落。

二

從初學跳舞，到第一次真正進舞廳，隔了起碼三十多年，跳舞也早不是前衛時尚的同義詞。四年多以前，從客居兩年的大理回來不久，我第一次走進省城的舞廳，不是跳舞（當年學的三步舞早忘了），而是看看「傳說中」的舞廳。是在西門內，門票不到十元。燈光昏暗，客人不少，舞池深處就像黑洞，神祕誘人。坐上舞池前的椅子，喝著一瓶國產的工業啤酒，六元，便宜得可笑，也第一次知道，這裡不比酒水昂貴的夜總會、KTV或酒吧，居然也像街邊茶館，賣五元一杯的茶。

看了一會兒，起身往黑洞邊緣走，幾個衣著暴露的熟婦，彷彿盤旋此間的罪惡天使，紛紛上前，要把你拉進黑洞蒸發，一邊在你耳旁挑逗，菜譜一樣，報著服務價格。我有些驚慌，使勁掙脫拽著不放的女人肥手。去廁所的通道，門前不遠一排椅子，坐了十來個姿色和年齡各異的女子，不是等上廁所，而是等著舞客來請。進了廁所，骯髒、殘舊，飼料槽一樣的瓷磚尿池，泛著鏽跡黃漬，如同省城從前的街頭公廁。

又過了四年，我才第二次進舞廳。這家舞廳居然還在，只是大門開到同一幢樓的另一端，換了一個名字。門票漲到十元，工業啤酒也要十元，茶還是五元，便宜得依然可笑。遺憾的是，除了廁所比以前現代和稍稍乾淨，舞場遠沒當初鬧熱，或許位於「臉皮」愈來愈薄或故作高雅高貴的主城區內，只得慘澹經營，沒關門就算幸運了。少了舞客的舞池，後方黑洞更加幽深，就像神祕莫測的宇宙起源。

那晚，從我來到我去，兩小時內，舞女比舞客多，但前者也就大約十個，姿色多如江湖人士所謂歪瓜劣棗，多數來自小城鎮，衣著暴露然而老土，腳上不是劣質的肉色短襪就是劣質的及膝絲襪，孤魂野鬼一般，在幽暗場內遊走，不時湊到你的身旁與耳邊挑逗。唯一像樣的，是一個三十多歲的眼鏡舞女，長髮、藍底碎花連衣裙，坐在空蕩蕩的舞池邊。跟拉夫或搶親似的熟婦不同，她一直在看手機，跟著音樂自娛自樂，歪著腦袋哼歌，貌似孤傲知性，不像來跳舞，而像坐在那裡打發無聊。她的生意，顯然也不太好。

一位八十來歲的老人家讓我醒神。陪他來的兩個中年男，一位該是兒子，大概一心盡孝，想讓風燭殘年的老爹，盡可能享受幾次人生。老頭戴眼鏡，頭髮花白稀疏，背已微駝，走路蹣跚。一個中年舞女，粗壯得快要炸裂，牽著老頭，如同另類看護，慢慢溶入冷清黑洞一側。我憑直覺和常識判斷，他倆不是去跳舞。滿懷八卦，我等著老頭和看護再度現身。過了將近半小時，他倆走出黑暗，走到兒子和朋友坐著喝茶的地方。在這之前，兒子大概不放心，特意走進黑洞，看看動靜。這幅活生生的二十五孝圖，我看得暗自感慨。

據我後來所見和一己劃分，這家冷清舞廳，只能算省城的四線場子（省城舞廳並無正式「等級」。本書提到的一、二、三、四線舞廳，只是作者依照門票、環境、舞女素質和每曲舞的價格大致劃分，恰如後面所寫，一線、二線當然較為高檔，有的還穿插歌舞與雜耍表演，氛圍接近夜總會，三線、四線通常差強人意，更像可以跳舞的平民茶館，然而勝在消費低廉）。將近兩個月前，我第一次走進二線舞廳，是在主城區外，然而跟著手機地圖導航，也沒找到入口，只好在僻靜小街一個雜貨店旁，問一個跳健身舞的中年婦女。「你說的是跳砂砂舞的地方吧。」她老公在門前吃晚飯，給我指點迷津。

到了跟住宅小區相鄰的門口，只有縣城旅社一般的小燈箱。門票還是十元。上到二樓，如中型會場，舞池空著，四周椅子稀稀落落坐了男女，彷彿在等嘉賓講話剪彩。我正納悶，音樂正式響起，一看時間正好八點。舞池前方稍亮，很快站滿各色「女神」，多半高挑青春，穿著打扮，跟我去過的冷清四線天壤之別。不出半小時，男男女女像從石頭裡蹦出，全場幾百號人，熱鬧如跳蚤大集。魔幻的是，不比多年前我在澳門見識的桑拿浴室「金魚缸」或夜店女，舞女們在舞池前自動站成一層、兩層，甚至三層四方陣，把年齡各異的舞客圍在中間。「女神」淡定自若，守株待兔，男人團團亂轉，或在陣前張望，極似兩軍對壘，神色萬千，暗中較勁。

我跟兩個三十好幾的「女神」跳了幾曲。後來所見，她們是這裡常客，目光精到，一眼就知你是菜鳥。二線舞廳一曲十元，每曲三、四分鐘。不論舞女舞客，會不會跳舞不要緊，重要的是，微明之中，隨著音樂共舞或挪動腳步，不關精神，無視身家，或許讓你暫時忘掉絕望孤獨和荒誕人生。第一個「女神」吊帶短裙，汗津津，有些發福，一對乳溝深陷的大乳貼緊我，下半身或髖部，也使勁貼著我的下半身或髖部，上下左右摩擦蠕動。汗津津「女神」北方口音，一邊跳，一邊在我耳邊高叫「我愛你」，這話，她肯定早已當成禮貌用語或順口溜，為了謀生。第二個「女神」高挑斯文，也是吊帶短裙，噴了香水，省內某地口音，做過寬帶(2)業務，坐我旁邊搭話，告訴我站成四方陣的「女神」和坐成一排衣著較為保守的「女神」有何不同（坐著的，多半只跳交誼舞），然後：「我請你跳一曲嘛。」就像「我愛你」，這也是禮貌用語或順口溜，為了謀生。

2 編按：即寬頻。

夜裡十一點左右，趕集進入尾段。空調風扇猛轉，場內仍是菸味、汗味、體味和女人的脂粉味，偶爾一縷香水味。一天辛勞就要結束，有的舞女對著柱上或牆邊鏡子略整妝容、衣衫或頭髮，有的拿起桌上茶杯喝水（舞女也得買門票。不少舞女自帶茶杯水杯，省了茶錢飲料錢）；有的一邊摟著恩客、一邊偷偷打呵欠，要麼邊跳邊看手機；有的只在燈光較亮的邊上跳素舞（交誼舞），在燈光微明處跳，用「寬帶女神」的話說，掙的都是辛苦錢。

一曲散了，手機光亮不時閃爍，總有舞客舞女互加微信，或微信付款，或現金支付（有舞女找錢時，對著燈光審視百元大鈔真假）。舞池邊的四方陣，屢經換位補位，這時散亂得已不成樣子。兩位變性者，高個，兩張網紅V臉整得僵硬詭異，也跟女兒真身站在一排，其中一位，T-back，黑色透視衫，兩點隱約，對著依然走馬燈一樣轉來轉去的舞客，揉著胸前兩團矽膠。

三

有別於更私密更「高冷」的酒吧、夜總會、浴場、KTV，乃至「尊享」會所，省城舞廳是人人平等的地方。沒有讓普通人卻步的裝修與「品位」，也沒約定俗成只有腰包鼓脹的中產或土豪才能入內，更沒讓各類俗人一頭霧水的「生活美學」體驗。如同省城平民街區隨處可見的串串香和燒烤，或像五元甚至三元一杯茶的露天茶館，穿背心短褲拖鞋、自帶茶杯的民工，也可坦然走進絕大多數舞廳。

以四線舞廳為例，裝修（包括不太乾淨的廁所）、消費（五元一杯茶）、格調（黑洞）、氛圍（譬如伴舞音樂，極少紅歌與外文歌，多為適合跳舞的中文流行歌），跟二、三線舞廳並無太大區別（最大區別，在於舞女舞客的「檔次」）。然而，囊中羞澀的窮人進去，沒人對你皺眉頭，也沒穿得比你光鮮的保安擋著不讓進。除了買張門票（早場門票，最低只要四元），你可以不跳舞，可以只做一個心懷鬼胎的看客或偷窺者。為了省錢，茶也可以不買，可以自帶中國特色的茶杯，因為開水，至少在省城，舞廳內免費供應。

從早到晚，省城舞廳也是宏大現世的縮影，有六、七旬甚至八旬老翁，有二十來歲或不到二十的各色「青勾子」（小年輕）；有開車來的普通生意人或公司白領，有騎電瓶車來、手拎保溫杯、戴著珠串、菸不離口的中年男；有腰間掛一串鑰匙、東張西望從來不跳的中年駝背侏儒，有孕婦一樣挺著大肚、T恤撩到胸乳照跳不誤的豬頭男。偶爾，還有高過所有舞客、舞女的德國人，三十來歲，自稱旅行者，大概得了省城高人指點，私訪絕非「景點」的郊區舞廳，長頸鹿一樣穿梭四方陣，然後溶入黑洞；或是下巴鬍鬚編成豬尾巴的白人大叔，有妹子跟他跳過，說是美國人。

舞廳等級，當然只是我的劃分，以去過的十多家為基準。一線不出兩家，比較「高雅」，適合交誼舞高手，或如江湖人士所說，適合「提貨」。不跳舞不「提貨」，你只能傻坐傻看，門票酒水又貴，接近中檔夜店，窮人不妨敬而遠之。一線以下，直到四線，就很庸俗親民，儘管一線以下的區別實在不大，如前面所說，主要在於舞女舞客的「檔次」，也像前面所寫，總讓我想起省城的平民茶館、串串香或燒烤。

四線舞廳跳一曲，通常五元，真的如吃串串燒烤，豐儉由人。而且，的確也像可以跳舞的另類茶館，雖然空氣不太好，音樂響得偷聽不了鄰桌聊天，但你可以看很多跟平常不一樣的平常男女，審視舞姿翩翩或舞姿難看的素舞伴侶；要是看煩了，還可遊走四方陣那樣的區域，或在黑洞邊緣張望，或乾脆短暫溶入微明，要麼就像有些淡定常客，靠著椅背，脫了鞋子，兩腳蹺上另一把椅子，鬧中取靜，打個低俗的小盹。

紅火的四線舞廳，也是我去得最多的，譬如主城區外某家，地下室、殘舊、落伍，應該接近省城早期的洞洞舞廳（也就是開在防空洞內，洞洞舞廳由此得名）。這裡的下午場，一點半到五點半，尤其火爆，更像鄉村大集，或似春運車站。黑洞，則是舞廳盡頭一間寬大的長方形屋子，入口沒門，一左一右兩個保安，門神一樣佩著電子廣告胸牌：I love you。裡面，對對舞伴如下了鍋的餃子，都在團團蠕動。不時有保安一手捏著手電筒和掃帚，一手拿著畚箕，進去打掃。這個黑洞一側，牆上還有換氣扇，若是裝上兩扇鐵門，就像奧斯維辛毒氣室了。

這家的舞女，不乏祖母級別。我在這裡，第一次見到頭髮燙得蓬鬆高聳如棉花糖的孃孃(3)，腦後別了兩根五顏六色的髮簪。她起碼六十了，不像本地人，臉上脖頸已

3 省城人對中老年女性的俗稱。

有皺紋，穿褲子，化了妝，盡其可能，收拾打扮得最好，然而膽怯，保守，只能默默站在四方陣一旁，要麼坐在昏黑角落，無人光顧，或許內心無比嫉妒或悲涼，望著所有比她年輕的「女神」或「女巫」牽著舞客走進「毒氣室」。為了什麼？錢？以她年紀，以這個國家的人情世故，她該在家帶孫子。

還有一位麻子臉孃孃，口音該是省城人，也是六十左右，兩個奶子，垂在汗嘰嘰的女式低胸短褂下面，挺著奶油肚，人堆裡走來走去「獵食」。有晚，麻子臉孃孃還是沒主顧，坐在角落，把三瓶喝剩的啤酒倒進自己的塑膠空水樽，不知哪幾位客人留下的，裙子下面偷偷換好長褲，提早退場。過了幾天，我在舞廳附近的街頭見到她，穿得像個「困難群眾」或「低端人口」，推著自家的破舊單車。她不是麻子臉，只是舞廳的昏暗燈光，沒有美化她，反而讓你不忍直視。

另一家不那麼紅火的四線舞廳，舞池周圍不少沙發爛掉，露出海綿襯墊。牆上的電子螢幕循環滑過一行字，就像無效的中國禁菸廣告：「女士禁止穿超短裙低胸裝，禁止一切有償陪侍。」這裡一曲較長，「有償陪侍」依然五元。有晚，一個穿深藍毛線開衫的大爺，腳上一對圓口皮鞋，猶如居家拖鞋，背著雙手，彷彿吃了晚飯出來散步，舞池邊踱來踱去。大爺可能快九十了。我跟他聊了幾句，就住附近，常來，不跳，看看。過了一小會兒，大爺看看手錶，九點半，該回去了，老年人要早睡。

這家四線，也許太破舊太冷清，舞客實在不多，為了招攬，舞女不用買票。「帥鍋，跳嘛。」大爺走後，一個中年女人，矮胖、土氣，跟我搭訕。她是省內小地方人，就在這裡謀食，有時掙一兩百，有時幾十塊。當然，大姨媽來了，也得休息幾天，她說。對，只做這個，跳舞，自由，其他都不想做了。

除了個別一線舞廳，跳交誼舞或素舞的，則是舞廳的少數派。開場前，舞廳員工手拎一個小小的白袋子，香爐一般晃悠，在素舞區撒著滑石粉。跳素舞的舞女，當然有跳得很好的，容貌、裝束和舞姿都很出眾。但我喜歡看的，還是跳得不好的舞客或滑稽配對。譬如某某二線舞廳，常有一位中年小男人，戴眼鏡，半禿，舞伴不是高他一頭，就是比他還矮。這傢伙跳舞，總像上了發條的玩偶，上下蹦著。另一家三線舞廳，一個六十多的小男人，在跟一個高他半頭的二十來歲牛仔短褲妹子健身，不是跳舞，真的是健身，運動，活絡。他倆跳了很久，兩人悶悶不樂，苦大仇深，像在努力完成廣播體操規定動作，既無對視，也沒言語。這個小老頭的蹦蹦舞、甩手舞和拍手舞，是我見過的世上最難看的舞姿。

四

潔癖不少的人，覺得自己有身分有派頭的人，所謂品味趣向都很高端很菁英的人，自然鄙視和厭惡這樣的地方。但我慢慢喜歡上了省城舞廳，包括舞廳周遭陳舊凌亂、消費低廉的平民街區（我去過的多數舞廳，幸而不在所謂中產與權貴「圈層」的消費攻略之內），就像喜歡坐在五元一杯茶的街邊茶館，就像喜歡我寫過的省城「勞動人民第二新村」。

並非我愛跳舞，也無興致要在兵荒馬亂的舞廳特別做些什麼，而是喜歡在人群中蒸發，喜歡看到普通男女，包括自己，為了一點低俗廉價的好感與溫暖，或是為了生存，為了多掙一點錢，偎依，碰觸，擁抱，交流，扯淡，小哄小騙，善惡交織，哪怕虛幻、短暫、自欺欺人，也要湊在一起。

跟很多娛樂場所不同，在舞廳跳舞的女人，從不滿二十到六十開外，從「女神」

到「女巫」，也是舞廳客人，跟舞廳並無雇傭關係。就像我自稱獨立作家，而非供職於媒體或文化機構；流連舞廳的女人，在我眼中也是獨立舞女。她們當然無需打卡，不必跟雇主簽合同，也沒人規定她們每天必須早中晚出勤。不管素舞、砂舞，還是別的什麼，獨立舞女掙的錢都歸自己，不用被雇主剋扣；零敲碎打，並非固定收入，「有償陪侍」既然非法，更談不上稅務，比我這個出一本書或發表一篇文章還得被迫給共產黨政權上稅的獨立作家稍稍幸運，不少舞女也遠比我掙得多。然而，我們的收入都不穩定，還會因為各類審查或「掃黃」等「不可抗力」影響進帳，就這一點，獨立作家和獨立舞女，都是一樣的人。

不同於江湖人士的省城舞廳野史所寫，省城現在的舞女，絕大多數來自省內各地和省外。據我所知，最遠來自瀋陽和新疆，偶爾也有海外舞女，我就遇到一位華洋混血、身材豐滿的馬來西亞女子，講英語和普通話，雖然相貌不敢恭維，因為是半唐番，一曲要收二十元。土生土長的省城女子不多，估計一是做舞女怯於臉面，二是本地人不管怎樣，多數有個無需交租的棲身之地和飯碗，普遍沒有那麼巨大和緊迫的生存壓力。她們做舞女的原因各異，不幸婚史，情感重創，生活壓力，沒有太多特長，也沒什麼關係和後台「創業」或謀一份優差，普通工作收入又低且不穩定，小地方或鄉下更不容易找錢，或者，就喜歡跳舞掙快錢，喜歡不受管束，就像那位四線舞廳的矮胖孃孃所說：「自由，其他都不想做了。」（所謂高雅或高尚人士或許不以為然，斥之為好吃懶做、好逸惡勞。）可是歸根結柢，就像獨立作家賣文為生，做獨立舞女，不管什麼原因，也是為了一個字：錢。

舞女也是高危職業。且不說舞廳常因當局「掃黃」或這樣那樣檢查被迫關門，甚至「停業整頓」，長期置身舞廳的噪音和渾濁空氣，身體一定要好。一個中等姿色的敬業舞女，如果一天早中晚跳三場舞，加起來也有七、八個小時，如果不跳素舞，很多時候必須站在四方陣那樣的區域，等著舞客挑選，得有站功。有了生意，跳一、兩曲也好，跳三、四曲也好，包場也好，必須盡可能跟舞客「合作愉快」，還得有跳功或砂功，不管對方是糟老頭、油膩男、帥哥、斯文仔、民工，還是別的什麼人。一個二線舞廳的舞女告訴我，有次，她遇到一位狐臭男，出於禮貌，不好馬上罷跳，跳了兩曲才婉轉終止。也不是每個舞女都喜歡太有激情的舞客，有的舞女坦言，不喜歡動作太大的舞客，尤其不喜歡對方一上來就把手伸進胸口或褲襠「直奔主題」。

年紀偏大的舞女，明顯掙不到太多錢，即使是在中老年舞客偏多的四線舞廳。這個國家人太多，就連舞廳也競爭慘烈，哪怕競爭只是暗中，因為舞女「行規」不會彼此搶客，雖然站在一起，或同一場子，卻各做各的生意。一家紅火舞廳，不同區域也有不同功能。在這裡掙錢，年齡、站位、裝扮、類別，不言自明，井水不犯河水。大家能否掙到錢，決定因素不完全在於自己，也在於舞客的口味與挑選，或者「互動」。

某家冷清的四線舞廳，有位鄉下來的中年女人，長得不好看，四十三歲，字也不識，之前在省城高新區做過掃街清潔工和家政。問她怎麼做的舞女，她說最初是一個相好的大爺帶她來這兒的。跳一個月有沒有兩千？我接著問，因為我知道清潔工每月工資大概兩千。看情況，生意好還是有，但比做動輒加班加點的清潔工輕鬆多了，她說，外地口音很重。然而那晚，她的生意的確很差。她後來的挑逗，帶著不識字的勞動者常有的樸實、粗鄙與樂天：「老娘醜是醜，但是老娘很溫柔。跳嘛。不跳？你狗日的(4)，看到老娘賣不出去就裝怪！」

4 狗娘養的。

有時，「賣不出去」的中老年舞女，狡黠中透出絕望，就像前面所寫站在舞廳昏暗角落的老婦，讓你不忍直視。有天下午四點左右，那家四線舞廳的「毒氣室」前面，依然像在趕集。保安不時大聲吆喝：「注意你們的手機錢包！」一個穿褲子的瘦高孃孃，昏黑中不大看得清楚樣子，披肩髮，頭髮也是棉花糖一樣的蓬鬆狀，五十好幾，或六十出頭了，省城口音，拉著你不放：「跟當姐的跳十塊錢嘛，照顧一下生意嘛，都是本地人……」沒人理會她，沒人多看她一眼，彷彿她是街邊人見人厭的真假乞丐，幾乎所有人，都在掙脫她拽著不放的雙手。

五

以我所見所知，不少舞女，並非只在一家舞廳固定謀食，有的上午在這一家，下午或晚上又去另一家，當然也有只在一處的，如前面寫到的二線舞廳「寬帶女神」。為了便利，她們一般都在舞廳附近租房（往往與人合租），早中晚場的間隙，還可回去自己做飯（我知道的幾個舞女都很儉省，覺得在外面吃不划算），也省交通費。

生意不錯的舞女，傳說有的收入很高，據聞還有買了幾套房的，但那畢竟是傳說；當然，更不會有一身名牌開著私家車的「女神」來跳舞掙錢。省城這幾年的房價，雖不至於像北上廣那般魔幻現實主義，卻也愈來愈貴，單靠跳舞，買房置業不太現實。我在新二村認識的一位茶客說，的確也有外地舞女前幾年在村邊買了二手房，但是人家跳了七、八年，也沒賭博之類惡習。我見過這位舞女，平常或正常得像個居家女人，不管是否單靠跳舞，辛辛苦苦攢一套二手房子，天經地義。

一名中等姿色的舞女，若在相對紅火的舞廳謀食，除非遇到「不可抗力」，每月要跳多少客人才能維生，或有可能未雨綢繆，為將來稍做打算？估計難有標準。十元一曲和五元一曲，收入也有差異。問過幾個舞女，答案因人而異。以此推測，每天下來，肯定有人掙兩、三百甚至更多，掙幾十塊甚至更少的，也大有人在。還有，一個舞女，只要不是乏人問津，每天至少可跳十位舞客（客人包場除外），一個月要跟大約三百個陌生人或熟客跳舞，一年起碼要跳大約三千客人。「寬帶女神」告訴我，她跳了三、四年，加起來該有上萬人次了。這些客人，微明或昏黑之中短暫相遇，她有多少記得，恐怕自己既不清楚也不在意。

做獨立舞女，肯定也有代價。但總好過寄人籬下收入微薄，更不要說人生困頓需要自救，跳舞也是立竿見影的一大捷徑，只要你不是「賣不出去」，只要你敢跨出第一步。有位三十多歲的豐潤舞女，來自西南某省小城，常駐一家三線舞廳。她留長髮，愛穿一件連衣裙，暗色碎花，低胸開衩，比起其他舞女，算很保守的「工作裝」了。她的前夫是重慶那邊人，有個小女兒，婆婆在帶。前幾年，老公好賭，家產輸光，兩人離婚，她沒工作。前夫不管女兒，婆婆老兩口也沒啥收入。姐妹一直叫她來省城：「妳都那麼惱火了（困難了），還不來跳舞掙錢。」她一直沒來，因為過不了自己這一關。一個多月前，她終於過了自己這一關，為女兒，也為自己。她不會跳交誼舞，只能牽著舞客，或被舞客牽著，溶入黑洞。

阿靜也是八〇後，來自省城周邊某地，長髮紮成馬尾，也很豐潤。她是我遇到的最勤奮的舞女，早上在住處附近一家四線舞廳，下午和晚上奔赴某家二點五線舞廳（所謂二點五線，也是我的劃分，仍以舞女舞客的「檔次」為準），一天要跳三場。無論哪家舞廳，阿靜都是四方陣區域靠近黑洞的一員，裝束遠比上面那位外省舞女大膽，站姿也很自信。跟很多表情僵硬或故作高冷的舞女不同，阿靜愛笑，笑得燦爛。

見多幾次，如同很多女人習慣閨密之間稱呼「親愛的」，阿靜也會叫你「親愛的」，沒有特別涵義，只是順口，或者如她所說，熟了，把你當成閨密。

阿靜說她跳了三、四個月。以前是做銷售的，業績不好，被開除了。離婚七年，因為兩個人不愛了，跟前夫早已失聯，彼此的手機號碼也變了。幸而沒孩子，沒孩子就沒共同牽掛，她說。做寬帶前，阿靜還做過商務俱樂部的經理，有過風光日子、車子房子，但是玩百家樂，都沒了。第二次見阿靜，她剛交了三個月房租，一千八，估計她租的是很普通的老式居民樓單間。「房租、生活，養活自己都不容易。」她說。但是再過幾個月就好了，她很樂天，還說每天必須跳三場，一個月好歹就有五、六千塊，而且為了將來，總得解決社保和醫保。

有天早場，我又見到阿靜，她剛買了一部新手機，一千來塊，不算奢侈。之前一天，她去菜市場買菜，原來的好手機被人偷了，於是趕緊掛失補卡再買手機，忙了大半天。阿靜很坦率，告訴我掉手機那天，正好是她「辦公」的日子。見我不解，她說「辦公」就是來例假，本想休息一天，做點好吃的犒勞一下自己。跳舞之餘，她都自己做飯，從來不在外面吃，除非急需。四線舞廳跳一曲只要五元，但一個早場下來，她可以掙到一天的生活費。

我喜歡阿靜的坦率。她的坦率，比較接近如實道來，卻不同於有些舞女的粗鄙放蕩，或許她真的把我當成閨密，可以自然而然跟我講講她自己。她說她真不喜歡跟老頭跳，也不喜歡跟動輒伸出九陰白骨爪的男人跳，還要跟你接吻，她跳舞從不跟人接吻。每天三場下來，阿靜大約能跳二十位舞客（她跳過的舞客該也一、兩千人了）。但她不只跳舞，也在黑洞做別的，給舞客打飛機，跟舞客站著打炮。她說她不隱瞞，她就是做這些的。但她看重感情，愛的男人，絕對是放在第一位的。

六

阿靜的話，讓我想起匈牙利籍英國作家亞瑟．柯斯勒（Arthur Koestler）。柯斯勒跟歐威爾同一時代，他的自傳《青空之箭》（*Arrow in the Blue*），其中一章寫到自己年輕時代在巴黎做記者的「夜遊」經歷。二戰之前，巴黎有不少合法的高端妓院（法文委婉稱之為 maisons de tolérance），在這些地方謀生的女子，通常二十五歲左右，因為常有健康檢查和預防措施，她們都很健康。柯斯勒寫道，這些女子，多半離異或是單親媽媽，有的可能一邊謀生，一邊把自己的孩子寄養在鄉下。她們指望在 maisons de tolérance 打拚五年，然後用積蓄在外省小鎮買個小店或咖啡館，嫁個並不知道她做過這行的殷實鰥夫，從此快樂而體面地安度一生。

阿靜、「寬帶女神」，還有那位終於「過了自己這一關」的外省少婦，都是我所謂的獨立舞女。她們謀食的地方，當然不是高端大氣上檔次的 maisons de tolérance，也未必都有一個孩子寄養在鄉下，但是她們肯定也有「願景」，養活自己，養活自己的孩子，或是解決社保醫保，應付一個又一個的不測風雲，哪怕那位沒啥生意的四線舞廳麻子臉孃孃，還有做過清潔工大字不識的中年舞女，她們肯定也想日子過得稍稍舒服一些，不那麼遭罪。

不管什麼原因，也不管是否缺乏世俗所謂的一技之長而不得不如此，還是真的「好逸惡勞」，為了生存，為了多掙一點錢，獨立，掙扎，她們比很多冠冕堂皇、呼風喚雨，實則自我閹割、蠅營狗苟的人，更無奈也更有勇氣，甚至自由，只要你對勇氣和自由的定義，不僅僅限於政治或哲學那樣深遠的層面。

柯斯勒那本自傳的同一篇章，也寫到巴黎還有並不高端的 maisons de tolérance。那裡的客人，多為工廠工人、汽車修理工、阿爾及利亞地毯商販、郵局職員和苦力。比較我去過的省城十來家二線或二線以下的舞廳，這真的有點神似，雖然兩者的功能和類別有異。這些地方，也許真的會讓所謂高雅或高尚人士鄙視厭惡，但在這裡謀食的女人，在這裡消磨的男人，也有自尊，甚至驕傲，就像柯斯勒所寫：「男人們至少知道他們不會受騙，他們的飢餓可得滿足；對他們來說，這個帶著廉價光芒的地方，甚至有一種浪漫氛圍。那是他們的富人夜總會版本。以什麼樣的道德準則，這些地毯商販和廉價客棧住客的套餐天堂要被剝奪？」

柯斯勒還寫到，在巴黎高端的 maisons de tolérance 打拚幾年的女子，「上岸後」嫁給殷實鰥夫，從此快樂體面，跟良家婦女無異，對人卻有更多認識，因為「她會更明白自己丈夫的弱點和一時興致，也更明白普遍的人性」。二戰前的法國，這樣的女人，據說成千上萬，然而法蘭西這個國家，並未因為她們變得更糟。

舞廳是流動的另類集市，也是不停變幻的萬花筒。儘管去過十多家省城舞廳，但我無從知曉，究竟有多少類似的女人在這些地方流連謀食，肯定不只數百，起碼上千，也許更多。她們未必都像柯斯勒寫到的法國女子那樣好運善終，但是，她們肯定明白異性的弱點和一時興致，明白普遍的人性，也肯定明白自己的弱點和一時興致。

阿靜告訴我，她覺得四線舞廳的舞客素質更低，黑洞也特別髒，然而為了錢，為了以後，為了也許還會有的、她願放在第一位的男人，她必須每天給自己打考勤，即使「辦公」，也不能懈怠。

二〇一八年六月八日至二十日寫於「羅馬」、新二村、營通街、撫琴街

五元舞女德陽孃孃

有些男人會覺得，舞廳的女人只認錢，剛一轉身就不記得你。其實未必。舞女掙錢，當然首要之事，但她們也有七情六欲。

依照跳一曲舞多少錢，省城幾十家大小舞廳，可以分為十元一曲和五元一曲兩類。一首舞曲通常三到四分鐘，跳十曲，不論葷素，若是五元，半個多小時，就是五十塊錢；十元一曲，就是一百塊錢。這個消費，其實不便宜。省城有些小街或小區，按摩店的女人給客人打手槍(1)，均價大約五十元一客，一百元則有更多「服務」。就事論事，或在商言商，哪一個更划算，不言自明。

然而，不是光顧舞廳的每一個男人都會讓女人打手槍，也不是在此謀生的每一個女人都願意給男人打手槍。舞廳，更多是一個另類的社交空間，也是轉瞬即逝的集體前戲或集體調情的場所。就像一道殘缺不全的大餐，餐前酒甚或頭盤都有，但就沒有main course（主餐），通常戛然而止，更無餐後甜點與咖啡。這很像美國作家保羅・索魯（Paul Theroux）寫過的，中國人請吃飯，基本上是突然結束，沒有後戲。所以，有些男人會覺得，舞廳的女人只認錢，剛一轉身就不記得你。其實未必。舞女掙錢，當然首要之事，但她們也有七情六欲。

時間久了，我去得最多的，還是五元一曲的舞廳。原由有二，一是所有消費相對便宜（這類舞廳的門票，去年，有的只要六元或八元），很適合沒興趣也無財力獵豔的窮作家流連。二是在這類舞廳謀生的，多為最「低端」的舞女。她們可謂「低端」中的「低端」，尤其是各色孃孃或姆姆[2]。總的來說，這些孃孃或姆姆，沒有「女神」和「公主」的矜持，想說啥就說啥，喜歡拉客，容易攀談，容易開心，容易滿足，對人生不抱什麼不切實際的幻想，甚至過一天算一天。某種意義上，我和她們是同類；

---

1 用手解決。

2 姆姆是省城話，通常用來稱呼老年婦女。

跟她們站在一起，或跳幾曲，你會特別開心和放鬆。

如果要給省城舞廳評星，有家五元小舞廳，我肯定會給四星。每次去那裡，哪怕一曲不跳，我都特別開心。這一家的服務也特別溫馨：廣播不時會有錄音提醒，一個中年男講著散漫的省城話，請你在跳舞的時候，注意自己的手機錢包，嚴防小偷，「另外，吸菸的同志，請到吸菸室吸菸」，儘管吸菸的同志照吸不誤。還有，兩曲之間的短暫間隙，砂舞區上方的幾盞暗紅小聚光燈，都會亮好幾秒，讓你看清站成長列的舞女。警察頻繁臨檢的非常時期之前，這個細節很周到，因為場內燈光很暗，少了這幾盞暗紅小聚光燈，你很難看清近在咫尺的舞女模樣，究竟是青春少女，還是半老徐娘。

這一家的大半壁江山，也是孃孃或姆姆，成熟、實在、世故，然而不裝，基本不欺客，不像紅火大舞廳的真假大美女亂叫價或亂報曲數。聽口音，有幾個孃孃還是省城人或周邊郊縣人。去年初秋的非常時期，有個晚上，我在這家舞廳遇到一位孃孃，快五十了，披肩髮，並非低胸的連衣裙，高跟鞋，耳墜和細項煉，裝扮講究（不是富婆式的講究，而是整潔、用心，且不惡俗），一看就知道很愛乾淨。她比我稍矮，濃眉大眼，五官稍稍粗了些，然而搭配勻稱，有著中年女人稍嫌過度的豐潤乃至母性。

跟她在舞池相擁，你會覺得摟著一隻身軀厚實、翅膀展開的大鳥，或是你被大鳥擁入懷中。

這位孃孃是德陽鄉鎮人，從省城坐動車回老家，也就半個多小時，但她當然不用天天通勤，而在這家舞廳附近的平民街區租房住。我和孃孃跳舞那晚，她還噴了淡香水，這在舞女之中並非多見。她說出門前洗了個澡，喜歡把自己收拾得清清爽爽，「一身汗，咋個跳舞嘛，自己也不舒服。」香水，是有個親戚妹妹嫁到法國，做了微商，從她那裡買了一瓶，比國內百貨公司的專櫃便宜多了。

「你噴的是什麼牌子的香水？」她隨即問我，我告訴她。孃孃很滿意，她覺得男人講究一些很好，「看得出來，你是一個對生活有些追求的男人」，孃孃用現在很多人都在用的話恭維我。

夜場開始了一會兒，場內的人漸漸多了。非常時期，舞池不算太暗，但還沒有亮到讓你尷尬或不安。德陽孃孃跳舞時，不像舞場老手那樣，用髖部或骨盆緊緊貼著你，左右搖擺，或上下蠕動（我一直覺得，這個姿勢和摩擦很可笑，像沒有大菜的正餐，也像沒有結局的偷歡，或用省城話說：過乾癮）。一問，果然，五月才來省城。以前在老家做過乳膠漆生意，還開過麵館，都做垮了。「麵館口岸不好。」於是姐妹讓她來省城，說是介紹了打工，二千五。來了，姐妹卻說：「先去跳舞吧。如果妳習慣，就不用去做二千五了。」

最先，她在附近另一家舞廳跳，但那家的人愈跳愈少，於是跑來這家。「一開始，聽說這家老頭多，我本來不想來的。」當然，跳舞比打工的錢要多些，有時跳下午，有時跳晚上。平時，她也不亂跑，就是心累，你懂的。「最初進舞廳，看到那麼多人，我坐在那裡，動都不敢動。」德陽孃孃說。剛入行時，姐妹告訴她，男人要是來請妳跳舞，妳就跟他跳。要是對方過分，妳拒絕就是了。那妳遇到過分的男人怎麼辦？她不摸男人那個東西，也不讓男人的手伸進她的下面，她愛乾淨，覺得摸來摸去不衛生。大概，這就是她的底線了。

我們一邊跳舞，一邊繼續聊香水。「妳不怕香水的味道串到男人身上？」不怕。她很有心計，也替客人著想，香水只噴到自己的耳朵後面，這樣就不會黏到舞客，「不然的話，人家回去也不好交差。」

跳著跳著，人愈來愈多，跟燈蛾撲火反方向，砂舞男女都往最暗的地方擠，像要抱團取暖。德陽孃孃說：「我們最好去邊上跳，免得遭誤傷。」誤傷？原來，一個舞女跟她說，有次跳舞，她被旁邊的舞客噴到頭髮上了。怎麼可能？也許那個舞女個子較矮，也許旁邊的男人射程太高。德陽孃孃說：「這些人，飢不擇食，這種地方咋個搞得成嘛，再咋個也要講點情調嘛。但他們覺得，就這樣才刺激。」所以，她也不喜歡這裡的大部分舞客，「素質不高，好多都像賣菜的。」也許在她看來，這些男人對生活沒有追求。

那一陣，每次去這家小舞廳，德陽孃孃多半都在那裡。多跳一、兩次，也多少知道她的一些經歷。早離婚了，只有一個娃娃，說她以前的男人沒用，窩囊，過一天算一天，急了還要打妳。除了後來做過不成功的生意，她說自己還會打鍋盔(3)，嫁妝都是自己打鍋盔掙的，很驕傲沒靠婆家。「我不喜歡優柔寡斷的男人。我喜歡拿得起放得下的男人。」她說。

風聲愈來愈緊，省城不少舞廳被迫暫時關門。這家小舞廳雖還開著，燈光也愈來

3 鍋盔是省城的一種麵食，類似燒餅。

愈亮。從前寬鬆的保安，讓你想到無為而治四個字，現在也如臨大敵，把所有跳舞的男女當成需要防備的潛在罪犯，捏著手電筒，隨時鑽進砂舞區的人堆，像要嚴防德陽孃孃說過的那類「誤傷」。

有天夜裡，大約九點半，場內的燈突然亮了，接著大亮，人群開始驚慌，尤其女人。門口，出現兩個正義凜然的一一〇，隨即進來。跳舞的妹子們、孃孃們，還有男人們，都散開了。有些舞女往門外跑，有些躲到靠牆的座位上，或是藏到站著的舞客身後。一個三十多歲的舞女，大約一米六高，穿了一件無肩帶的晚裝式短裙，乳溝露得很深，躲到我身後，求我把她遮住，免得被一一〇看到。

「錢不好掙啊！」我說。乳溝露得很深的舞女跟我講，她是嫁到省城的資陽人，離婚了，女兒小學六年級。「沒得辦法啊。馬上要開學了，娃娃的學費，這樣那樣，還有社保……」這個時候跟陌生人講這些，又無利害關係，她顯然無意賣慘。之前，她正跟一個中年舞客跳，已經跳了三十元，還沒拿到錢，一一〇就來了。幸好，她指給我看，那個男人意猶未盡，沒有逃單，還在舞池旁等著她。聽了這些，站在身旁的另一個舞女說：「這裡還算好了，還開著，還可以穿得很少。其他地方，有些時候，都不讓妳站著，只准坐著……」

一一〇逛了一圈，進到角落的燈控兼音控室，不知說了些什麼，隨即走了。燈又暗了。我看到德陽孃孃，依然噴了淡香水，驚魂未定。走進舞池，她告訴我，警察來的時候，她剛進來不久，嚇慘了，趕緊跑到一旁的茶坊躲著，以為真像人家說的，要隨便拉人。德陽孃孃還說，今天之所以嚇得這麼凶，是因為以前幾次遇到檢查，都不像這次，燈全部打開了。

說完這些，彷彿轉移自己的注意力，德陽孃孃說，今晚她沒做飯，在外面館子吃的水煮魚。然後，她張開嘴，像隻惡作劇的大鳥，對我哈了一口氣，彷彿證明自己所言不虛。

到了冬天，警察檢查愈加頻密，省城的大小舞廳，也跟省城的陰冷天氣一樣長期低迷。這家小舞廳開開停停，有時接到「上級主管部門」的指令，一關就是十天半月，最長一次，也是最近一次，關了一個多月。開著的時候，除了場內多半較亮，舞女再也不敢穿得過於暴露（這個限制，肯定影響她們的收入）。常來這裡掙錢的舞女，舞廳給她們建了一個 QQ 群或微信群，開門、關門都有通告，群裡事先也會打招呼，譬如某幾天風聲緊，大家不要穿低胸裝超短裙，只能穿長裙或褲子，露大長腿的，也必須穿雙襪子。不然，保安會叫妳重新換衣服，然後才讓妳進來。

德陽孃孃沒有這類著裝困擾，她穿得一向比較保守或得當，也不在場內亂來。但她也覺得，錢愈來愈不好掙了，因為有一陣雖然開著，亮晃晃的場內，看的人比跳的人更多，「很難開張」[4]。我最後一次見到她，該是去年十一月，她有些無奈，說這個樣子，第二天要歇一歇，去打麻將，大概是跟她在省城認識的幾個姐妹。

臨近西曆新年，這家小舞廳總算又開了；舞女舞客，除了熟面孔，也有不少新面孔。儘管門票從八元漲到十元，燈，似乎短時期內再也完全暗不下來，時常還有警察臨檢，生意卻依然紅火，可見人什麼不利都能適應。舞廳門口和場內，除了以前就有的嚴禁賣淫嫖娼的警告，也多了幾張特別提示：舞友入場，必須攜帶第二代居民身分證，以備查驗。兩曲之間的短暫間隙，砂舞區上方的幾盞暗紅小聚光燈，依舊會亮好幾秒，但是因為場內亮過以前，效果不再那麼戲劇。場內穿插的廣播，依舊會請大家在跳舞的時候小心自己的手機錢包，「另外，吸菸的同志，請到吸菸室吸菸」，儘管吸菸的同志依舊照吸不誤。

然而德陽孃孃至今沒有露面。

二〇一九年一月中旬寫於「毒氣室」與「羅馬」

4 省城話，就是很難有顧客。

老舞客林彪大爺

老頭的話，信不信由你。他的嘴裡有些酒氣，是啤酒，不是白酒。他像有些中國人，跟你說話湊得很近，喜歡用手不時戳戳你的臂膀。

一

以我保守估計，省城起碼有將近四十家舞廳，大小不一。平時，這些舞廳都開著，各有大致固定的舞女和舞客，加起來至少好幾千人。即使你有興致有精力，幾天之內跑很多舞廳，偌大一個省城，你也很難在不同的舞廳遇到同樣的男女。

非常時期就不一樣。很多舞廳被迫關門，或是開幾天又關幾天。於是舞女舞客，就像無頭蒼蠅亂竄，哪裡開就去哪裡。這個時候，大家去的幾乎都是一樣的地方，今天這裡撞見，明天那裡碰到，感覺奇妙。這也很像我第一次去緬甸，當局對外國人還有很多限制，人人去的地方都差不多。我就在緬甸三個不同城鎮，三次遇到一個在蘇黎世工作的德國女人德蕾莎，要麼不約而同住在一家旅館，要麼住得相距不遠。最後，我們在仰光機場巧遇，坐的竟是同一航班，我回昆明，她轉機回法蘭克福。我們在昆明機場擁別，要是相處再長一點，誰知道會有什麼。

林彪大爺，就是我在去年深秋非常時期遇到的一位省城舞客。第一次見到他，是在西門一間小舞廳，平時門可羅雀，然而有幾天，因為很多舞廳關門，突然火了起來。我去那晚，剛剛開場，外面黑燈瞎火，到三樓的小電梯卻已塞滿男女。

進了舞廳，不少熟面孔。有位跳素舞的御姐，將近四十，披肩長髮，風姿綽約，表情妖媚，總是一襲得體的連衣裙，平日常駐一家紅火舞廳。還有一位黑衣黑褲的女子，也跳素舞，別處看熟了，跟御姐一樣，也被迫轉戰這裡。

往舞池走，往日暗得不見五指的深水區(1)，雖然成了渾水區，燈還是微明。站著

1 舞廳用語，沒有燈光的舞池。

等客的砂舞女子，著裝普遍暴露。看到一個頭髮濃密的童顏妹子，我在另一家四線舞廳（也就是那家「毒氣室」）見過，髮型怪異，就像能劇女優的假髮扣在頭上，或像《楚辭》裡面的山鬼。「毒氣室」另一個戴眼鏡的低胸裝妹子，有點馬臉，也在。場子小，但「女神」和孃孃都有，前者站成四方陣，後者退居二排，或遊走，或坐一旁沙發，非常時期亂拼盤。

我去吧台買了一杯五元花茶，剛一坐到黑衣黑褲素舞女子的後排，跟我同桌的一個禿頂老頭，穿著普通，六十來歲，似乎對我有了莫名好感，要麼就是心情很好，立刻滔滔不絕。他知道一個去昆明跳舞的四川女人，現在都跑回來省城了，因為省城男人大方，會耍，碰到喜歡的女人，捨得花錢。昆明畢竟收入低一些。

老頭說：「那個婆娘給我講，在昆明的舞廳，男的跟她跳，讓她去開房。她不願意，說跳舞就行了。跳完舞，她問他要跳舞的錢，那個男的說，給個錘子錢。你看！」

「昆明的舞廳有沒有這裡亮？」好幾年前住大理，我常路過昆明，但從未見識那裡的舞廳。

「昆明的舞廳也是黢黑。警察跟舞廳是勾起的，穿了便服來抓現行，罰款都罰女的，因為男的罰了就不敢來，女的罰了還要繼續掙錢。都一樣，這裡也是。這些婆娘只認錢。有些男的在這裡充大款，老婆娃娃不管，還借錢來耍，包婆娘，沒得意思。」

老頭的話，信不信由你。他的嘴裡有些酒氣，是啤酒，不是白酒。他像有些中國人，跟你說話湊得很近，喜歡用手不時戳戳你的臂膀。但他很健談，如同跟你交心，幾乎不需要提問，甚至讓你有些感動兼不安，畢竟大家素昧平生。當過兵，退休了，退休金四千多一個月。「說了不怕你笑，我老婆也是這個年紀，絕經了，下面是乾的，一進去就痛，不忍心啊。」

所以，他就出來耍。當然，家裡還是弄得很巴適，她的退休費，他全部不要，子女什麼的，他也顧到，大家沒得閒話說。每次出來耍，一過十點，老婆就來電話，他就說他跟以前的戰友一起耍，喝酒打牌，她一聽也放心了。

老頭還在滔滔不絕。跳素舞的御姐，飄來旁邊一桌。兩個中年男人，大概是她熟客，也在那裡。御姐剛坐定，其中一個男人，一邊跟她寒暄，一邊伸出一隻手，親切問候似的摸了一下她的胸部。御姐氣定神閒，就當什麼也沒發生。我繼續聽老頭交心。

「前些年，有時候我一天要耍兩次，後來覺得身體遭不住，走路都偏偏倒倒，我就戒了一年，身體於是就恢復過來了。」

「那你現在一個月要幾次呢？」

「現在一個月四次。耍完，過幾天，早晨又雄起了。今天剛耍了，是個四十多的姆姆，就在舞廳上面快捷酒店開的鐘點房，兩百元，房費五十，也在裡面。我說多給妳一百，可不可以不戴套？她說不行，你給一萬都不行，這是為你好，大家都好，因為舞廳裡面的人很複雜。你看，不要看她文化不高，但還很有見識。」

「是啊。」我突然想，他真的是剛耍了，身心舒暢，才有這麼多話。

「我也不像你，我這個年紀不耍年輕的，就四十多的，就找姆姆，年輕妹子沒得啥子意思。當然，姆姆也要人長得好看，身材好，皮膚好，樣兒過得去，不裝怪，沒得啥子過場。那些黃桶腰、粗骼骼(2)的姆姆就算了，就像今天那位，服務也巴適。那天在東門遇到一位，十元兩曲，可以隨便摸，我一摸，兩個二筒，皮膚比我還粗，一曲都沒跳完，給了她十塊，不跳了。」

四千多元退休金，一個月耍四次。每次不超過兩百塊，總共也不到一千塊。老頭很會安排，內外兼顧，他對人生應該沒啥怨言，只要這個小祕密好好保守，他可以耍到耍不動的那一天。

半個多小時過去，老頭的話似乎說得差不多了，鄰桌御姐也不見蹤影。我正想走去舞池邊張望，舞廳突然亮燈，不是那些昏暗的紅燈，而是亮晃晃的照明燈和頂燈。男女開始躁動，我看到御姐、黑衣黑褲的素舞女子、山鬼、低胸裝馬臉和很多舞女往門外跑。過了一分來鐘，兩個三十左右的警察進來。若在平時，警察只是例行巡視一番，走了之後，燈照暗，舞照跳。然而今晚，警察直接走到吧台，對著夥計吼：「關了！喊他們都走了！」音樂終止，還在場內的人所剩不多，我和老頭對望一下：「走吧。」

我走下樓梯。不少男女還在門口，有的比我和老頭運氣差，剛剛買了十元門票進去，椅子還沒坐熱，就遇到清場，門票自然是不退錢的。大家除了掃興，也像不死心。站在街邊人行道上，我跟坐在台階上的兩位大叔聊了幾句：哪些地方開著，哪些地方關門，哪家遭了（非常時期，他們總要弄一個倒楣蛋來殺雞儆猴）。一個大叔說，遭

2 省城話，形容一個人骨骼或身形粗大。

的是東門一家舞廳，聽說要罰八十萬（不太可信），老闆乾脆不開了。我跟黑衣黑褲的素舞女子也聊了幾句，她一臉愁容，今天還沒掙到錢，門票就花了十元。我說妳可以去東門開著的一家，「太遠了。」她說，距她租房子住的地方。是太遠了，坐地鐵來回，都要六元多。再等等吧，過一個多星期，過了風頭，也許就好了。就像老頭剛才說的，以前，外地舞女來省城吃票子，可以買幾套房子，買商鋪，現在，一是房子貴，二是收入不時有「不可抗力」影響，三是競爭慘烈，不要說房子，能夠掙點生活費和房租就不錯了。

夜裡不到十點，我順著大街走回自己住的「羅馬」，想著老頭剛才說的，西門有家舞廳，兩個年輕婆娘就在裡頭做，牽著客人走進舞池一旁布簾隔開的黑屋，可以站樁(3)，可以打背槍(4)，也可以睡在牆邊的沙發上，一次一百五，你猜她們一天掙好多？

「起碼一兩千。」我說。

「你太低估她們了。一天要掙四、五千！她們每個月好幾萬！」

他說的這兩個婆娘，就是我多次暗中觀察的兩個高䠷女神，緊身薄裙下面，隱隱現出一條黑色 T-back。她們基本不跳舞，而是站在一旁。你只要走近詢問，她們就會用一隻手捂著嘴，湊你耳邊，很有禮貌，用普通話說：「先生，我不跳舞，我只打炮。」我看到她們收了錢，多半還會說「謝謝」二字。她們每次打炮，大約都是五、六分鐘，速戰速決。因為顏值和身材都不錯，客人，老中青，幾乎不斷。依照這個頻率估算，高峰期，一天四、五千，真不是誇大。比起她們，御姐和黑衣黑褲的素舞女子，跳一曲收五元或十元，只能算是細水長流。

二

非常時期仍未過去。我也是眾多的無頭蒼蠅之一。西門的舞廳基本關了，東門還有兩、三家開著，但也開開停停。過了不到一個禮拜，我又在東門撞到退休金四千多一個月要耍四次的老頭。

也是一家小舞廳，只是遠比西門那家殘舊，幾乎可以說破爛。舞池邊的沙發，就

3 舞廳用語，就是站著性交。
4 舞廳用語，就是後入。

像破棉衣，這裡那裡露出骯髒海綿。下雨天，東一灘西一灘，舞池還有屋頂漏下的雨水。很詭異地，是不是因為靠近從前的工廠區，牆上貼了兩幅標語：「安全生產必須警鐘長鳴、常抓不懈」，「安全生產，只有起點，沒有終點」。一條老狗在場內亂竄，胯間吊著一個嚇人的瘤子。吧台有隻肥貓，黃毛泛著曖昧紅光，我有一次在深水區旁的爛沙發上見過，這次來算是看清楚了。肥貓很乖，很淡定，也許在牠看來，非常時期，只是人的折騰與假正經。

東門這家小舞廳，或許太破爛，即使非常時期，在紅火的大舞廳跳慣十元一曲的「女神」，也沒人想來，全是四十左右或五十歲的孃孃，舞客也多六、七十歲的老頭。下午三點過，一個中年發福的舞女，從養生和過來人的角度拉生意，跟我娓娓道來，抱一抱嘛，感受一下嘛，抱一抱有助養生，有助雄起，「我的奶奶好，就跟小娃娃一樣。」另一個將近四十的舞女，幾個月前，我第一次來，她就在這裡。回族，蘇東坡同鄉，新疆長大，現在既不禮拜也吃豬肉。賣服裝的，生意不好做，跳舞也煩，心累，於是每次跳半個多月，又回老家耍一陣，再來掙錢。

我依然買了一杯五元花茶，坐在舞池前的茶座。沒過多久，一個禿頂老頭站到我的桌旁。端詳幾眼，竟是數天前跟我交心的那個老頭。招呼，握手，哈哈笑幾聲。他剛進來，似乎也很意外，用手戳戳我的肩膀，表示親熱。「我喜歡到處逛。」他說，找的藉口竟然跟我一樣。你跳了沒有？他問。剛跳幾曲，跟一個新疆回來的舞女，我說。

第一次見面既然已不生分，這一次，我仔細打量了一下老頭。他的禿頂，吊梢眉，小眼睛，笑起來的樣子，很像中年以後的林彪，或是林彪的舞客版。如同那晚，林彪大爺的心情還是很好。昨天，他剛送別在舞廳認識了三、四年的相好，就是上次他說剛去開房耍過的那位。那個女人，我那晚好像也看到過，普普通通的中年婦女，打扮有些鄉氣，穿著也不是太暴露，但我當時不知道她和老頭的關係，並沒在意。

跟上次一樣，林彪大爺並不等你追問，馬上坐到我的身旁，挨得很近，開始娓娓道來。那個婆娘老家內江，四十二歲，年輕時是她們那裡的一朵花，現在的老公也是同鄉，當兵的時候，她去部隊看他，他就把她打來吃起了。農村裡頭，生米既然煮成熟飯，兩人只好結婚。這個女人為啥要回去呢？因為娃娃要讀中學，老公又有尿毒症，她要回去陪娃娃和照顧老公。

「老公曉得她跳舞嗎？」

「曉得。她和老公結了婚就去重慶掙錢。最初，她在重慶也跳過一陣舞，老公在舞廳角落找到她，搧她幾耳光，她一氣，就回老家種了半年地。兩口子後來又一起賣豆腐，掙不到錢。沒得辦法啊。家裡生活困難。不像她的姐姐，以前一直都在省城跳舞，在重慶買了三套房子。」

「那是很多年前吧？房價還沒漲的時候？」

「對。有次，她找姐姐借五千塊錢。姐姐說，妳龜兒瓜婆娘，這個年紀不曉得去掙男人的錢，過了這個村，就沒有下個店了。我五塊錢都不借給妳！她沒辦法，最後就來省城跳舞了，還在住的地方接客，接過一個像你這樣子的眼鏡，那個東西又粗又大，捅進去痛得很，起碼還要搞一個小時，第二次，那個眼鏡再來，她就不願意了。她也接過老外，英國人。我還問她，老外的那個東西，是不是很粗，她說未必，要看人。這些老外也很聰明，有的老外最先給她五百，後來搞懂了，曉得中國人都是給兩百，於是也給兩百。」

「這些，都是她跟你講的？」

「對，她啥子都跟我說，不忌諱。最先，在省城跳舞期間，她還打過一段時間工，一個月三千多，也很辛苦，掙不到錢，於是又來跳舞，慢慢就跳習慣了，她說，跳得身上都長繭巴了，麻木了。」

「那她現在的生活應該比以前好了？」

「那倒是。前些年，她在重慶買了一套三室一廳的房子。這些年跳舞，攢得還是有個五、六十萬。再過幾年，她說準備不跳了，因為娃娃大了，這些錢也夠了。」

「那她老公曉得她現在跳舞，沒得意見？」

「沒得辦法。她老公得了尿毒症，之前還在鐵路上做過一陣子事情，現在就在家裡養病，要靠她了。我有次問她，那妳回去探親，還跟老公做那個事情嗎？她說不。我就勸她，妳還是跟他做嘛，就當做點兒好事嘛，因為尿毒症是醫不斷根的，他也是活一天算一天了。後來，她說，她回去跟他做過了，但不敢睡著做，他身上是浮腫的，只敢站著，打背槍。做了一次，她老公還想第二次，她就不願意了。」

這幾年在省城，林彪大爺有時在她租的房子裡跟她做，有時在西門小舞廳樓上的快捷酒店，他說那裡有專門的小房間，可以在沙發上做。家裡，他給兩百；小房間，她收一百（酒店收三十，她得七十，三七開）。「時間長了，主要是彼此也有好感，就跟交個朋友一樣，給多給少都無所謂啦，況且我們這些人也不會少給，更不會虧待她。」

然而，始終還是家裡安全，而且放得開。通常，她會把菜買好，飯做好，兩個人會喝一點酒。然後關起門來，他讓她脫得一絲不掛，大家開始做遊戲。「我們這些人，黃色錄像看得多，花樣也多，但沒想到，她啥子都懂，遊戲做得之好！這次，我們連著耍了四次，中間隔了一天，包括給她送行。她這一回去，不見得馬上就可以回來了，總得吃頓飯嘛。總共花了七百多。」

我一邊聽林彪大爺如實道來，一邊想像他和她關起門來的性福生活，還有「遊戲做得之好」。我有些羨慕林彪大爺，尤其羨慕他的直言不諱，但他又不像我在舞廳或茶館遇到的有些大叔或大爺那麼粗魯，用很髒的話來講女人，鄙視女人，又離不開女人；他是真的喜歡女人，享受女人。

林彪大爺還在侃侃而談，甚至像父親一樣忠告剛成人的兒子：「在舞廳跳舞，男人受不了咋個辦？有些女的就給他們打手槍。最好不要打手槍。男女這個事情，上天是安排好的，你是要進洞的，打手槍最不好了，婆娘的手，摸了這個又摸那個，不衛生，打手槍也傷身……」

林彪大爺最後說，語重心長，充滿老者的人生智慧，令你自慚形穢：「這些地方，就看你咋個耍。一定要計畫好。多的話，一個月一萬塊都不夠。我每個月，就耍那麼幾百塊錢。有的人說他每天要來耍兩百，你豁人哄人嗦(5)。掙大錢還差不多。這些地方都是低消費場所。真正掙大錢的，又不來這兒耍了。」

三

第二次偶遇林彪大爺之後沒幾天，我又去了最初遇見他的西門小舞廳，也是晚上開場不久。本來只想探個虛實，沒想到真的又開了，只是場內燈光亮得嚇死人，不像舞場，更像燈光球場。看的人比跳的人多，御姐和黑衣黑褲的素舞女子沒來。舞池前，也不像我和老頭那晚站滿一排排的砂舞女子。乍暖還寒時候，有些舞女可能不知道這

5 省城話，就是說大話騙人。

裡又開門了，或許再過一會兒，她們用微信或手機彼此報信，就會陸續趕來。

我坐在吧台附近卡座的長沙發上。一個老頭坐在沙發另一端，摟著一個三十多歲的豐滿女人。「張哥。」女人撒著嬌。她穿短裙，低胸衫，乳房很大，五官像有些鄉下女人那樣長得很開，是很多西方人喜歡的東方女人長相。老頭面前的茶几，擱著一瓶啤酒和一碟瓜子。他起碼七十以上了，對著懷裡的女人上下其手，毫不迴避；這個年紀，老頭顯然已臻隨心所欲的忘我境界。我想起在新二村露天茶館聽過一位陌生大叔暢談省城風月，那位大叔說，不管你有多老，哪怕七老八十，這些婆娘都會喊你一聲哥。

只是，這位張哥的嘴，稍稍有些癟，頭髮稀疏花白，五官倒很周正，年輕時該是一表人才。他應該來舞廳前就喝了酒，有些醉，話很多，口齒有些含糊。張哥繼續上下其手，女人賣著笑，一隻手探到張哥的細橫條短袖衫內摩挲。她雖然不時望望周圍包括我在內的零星客人，長得很開的面部略顯尷尬，但沒見出絲毫不快；她也是老油條一根。

張哥很盡興，我不好意思盯著他們看。「我的社保卡還有幾千塊……」張哥突然說，像要表示自己有社保、醫保和房子，老子耍得起。過了一會兒，張哥在掏錢。我偷偷目測，也就三十塊。不過，他跟女人也就坐了十多分鐘，摸一下，捏幾把，吸點陰氣，張哥的社保卡還有幾千塊，三十塊錢不算什麼。

女人收了票子，整整衣衫，回舞池旁繼續掙錢去了。張哥沒多久也走了。然後，燈突然大亮，又清場了，又是一哄而散。然而這次沒有警察上來。走到樓下，我看到大樓門衛室的監控螢幕上，一個便裝幹部和兩個戴鋼盔的特勤站在三樓的舞廳門口，也許是街道辦事處的人。跟上次清場一樣，我在街邊站了一會兒，聽大家七嘴八舌。一個剛下樓的年輕舞女對著手機在講微信：「妳不要過來了，這邊清場了。我一個閨密說，石人小區那邊也清場了。妳就待在原來的地方好了。」

陪張哥坐了一會兒的大胸舞女，換了衣服拎著包包也下來了，跟另一個舞女一起。「妳們可以去那一家。」我說起相距不遠的另一家小舞廳，那一陣也異常紅火。「那裡燈太亮了，吹不成也日不成。」另一個舞女說。

我最後一次見到林彪大爺，是在西門外一家舞廳，也就是他說的兩個年輕婆娘在裡面做的地方。然而非常時期，那兩個 T-back 女神不知飄去哪裡了。舞池旁邊，往常用布簾圍起來的漆黑炮房，門旁放了一個扔紙巾和保險套的大垃圾桶，重又變回舞池和茶座。

儘管如此，人還是多。即使非常時期，燈也比僥倖開著的其他舞廳要暗。我坐在舞池前的茶座，看著趕集一樣的熱鬧場景。有人拍拍我的背。林彪大爺！他的禿頂泛著微微紅光，仍是興致勃勃。嘈雜之中，我倆簡單聊了幾句，他比比手勢，大概說他要去舞池前面看看，很快消失在場內來來往往的數百人之中，再也沒有露面。

事不過三這句爛熟套話，可能真的有些神神叨叨。最後一次跟他短暫相遇之後半年，省城舞廳開開停停，又有很多波折，但我至今也沒遇見這位林彪大爺，我也至今後悔，最後那次，沒有讓他留個電話。

二〇一九年一月上旬寫於「羅馬」

蒲公英與淡抹煙燻妝

包場，也有從一而終的假象。對於舞女，這一場，她有了經濟上的確定性和安全感，無需守株待兔暗自焦慮；對於舞客，他像找到這一場的摯愛，不必再去舞池邊的四方陣列挑花眼睛。

不論五元舞女還是十元舞女，她們最喜歡的大概就是包場。包場不是站樁、口爆或打手槍。不管你是被包的舞女，還是包舞女的客人，包場都比較高雅，或有面子。在舞女而言，包完場，妳也不一定要跟恩客出去開房滾床單。就是陪陪他，也許是個糟老頭，也許是位中年大叔，也許是個二、三十歲的帥哥。包場的時間，通常兩、三個小時，其實很好打發：認真跳跳舞或認真砂幾曲，假裝談談情或調調情，看會兒手機（包括一言不發各看各的手機），磕點兒瓜子，喝幾杯工業啤酒或喝點兒飲料，妳的微信或支付寶，就有三、四百塊進帳，或有幾張老人頭塞進自己的錢包。

有人包場，不論生張熟魏，舞女掙的錢，比跳散舞來得相對輕鬆。客人，當然形形色色需要敷衍，但是舞女也會遇到舞都不跳的客人，就喜歡跟妳坐在一起，十指相扣，摟摟抱抱，瞎扯淡，找感覺，很像有些愛在朋友圈曬娃的媽咪常用的兩個字：陪伴。要麼，遇到寡言或不善言辭的客人，就像無話可說的老夫老妻那樣，呆坐，各懷鬼胎。

包場，也有從一而終的假象。對於舞女，這一場，她有了經濟上的確定性和安全感，無需守株待兔暗自焦慮；對於舞客，他像找到這一場的摯愛，不必再去舞池邊的四方陣列挑花眼睛。這幾個小時，你倆就彼此陪伴好了，只求一時擁有，不求天長地久。

說來慚愧，我在舞廳的第一次包場，不是自己買單。是在一家紅火的大舞廳。認識不久的一位同齡朋友，豪爽有義氣，像個大頑童，也很熟悉舞廳。去舞廳那晚，我們剛在新二村吃完飯喝了酒。坐上舞池邊的茶座，大頑童叫了兩個熟悉的舞女過來陪他喝喝啤酒聊聊天。「我們給周眼鏡也喊一個。」朋友樂呵呵地說，不由分辯立刻起身，真的去給周眼鏡喊了一個。

她該四十出頭了，省內某地人，瘦高，臉和五官給人纖細感覺，舉止沉靜，有點弱不禁風。想到會讓朋友破費，周眼鏡有些局促。女人卻很老練，這樣的場面，她不知見過多少。於是喝酒，扯淡。朋友熱心腸，忙著跟大家介紹，周眼鏡是真正的「詩和遠方」，儘管這樣的場合，「詩和遠方」並不重要。

我後來知道，如同在座的另外兩位舞女，坐我身旁的這位，平時主要也跳素舞。但我不會交誼舞，只好傻坐那裡，也不知道聊什麼好。但她的確老練。人來人往，座位不夠，她會坐你膝上，給你倒酒，把桌上塑膠盤中的葵花子剝開，母親或相濡以沫似的，餵到你的嘴裡。我不習慣被女人這樣服侍，又不好推謝，更局促了。

坐了大約半個多小時，女人說：「我們去跳舞吧。」小心翼翼，我倆在素舞池挪動步子，幾近客氣。跳完兩曲，回到座位，沒過幾分鐘，女人湊我耳邊，悄悄說：「我有點事，先走了哈，小費已經給了哈。」後來，同桌的兩個舞女說，她身體比較弱，大熱天睡覺還蓋很厚的被子，時常怕冷，容易疲勞，夜場一般走得比較早。

然而，包場還是貴。三、四百塊，對於窮作家，偶一為之，也不是不行。只是覺得，沒這必要。又不談情說愛或胡天胡地，真要跟哪個舞女對坐幾小時，也不知道聊些什麼，更無必要擺出採訪架勢讓對方懷疑。要是遇到不對路的，反而更像你花了錢陪她消磨時間。瞭解一個舞女，跳散舞，跟她閒聊也可做到，尤其話癆女人，幾曲下來就有收穫。天長日久，跳成她的熟客，你對她的大致瞭解，不比花幾百塊包她一場少。當然，這是窮人花錢的邏輯。偶爾也有舞女，像我寫過的阿靜，跟她稍熟，每次，她都會主動跟你說，彷彿替你的錢包著想：我們只跳二十塊或三十塊哈。她當然不是討厭我，也不是不願意多掙一點錢，然而如此善解人意，舞女中並不多見。

蒲公英和淡抹煙燻妝，都是三十來歲，前者是五元舞女，後者是十元舞女。她倆是老鄉，來自重慶某地。兩人生的都是女兒。蒲公英離婚了，女兒五歲；淡抹煙燻妝形同離婚，女兒小學二年級。兩人的女兒都在老家，都跟媽媽。我不跟舞女互加微信，彼此只留電話。電話號碼跟微信關聯，只要對方沒有去除關聯，通常，她的微信ＩＤ可在你的手機裡面自動顯示。蒲公英，是她的ＩＤ下面有句話：「人生就像蒲公英，看似自由卻身不由己。」淡抹煙燻妝的自我批註，則是「眾裡尋芳千百度，唯有淡抹煙燻妝」。

蒲公英和淡抹煙燻妝，都是去年初才來省城跳舞，就在舞廳附近租房住，三個人住兩間房。同屋另一個舞女，年紀較大，也是老鄉，一個人睡一間房；蒲公英和淡抹煙燻妝則睡另一間，一張床。早上，她們一般睡到十一點，只吃午飯和晚飯。平時，都是蒲公英做飯，另外兩個人負責買菜。跳完夜場，回到住處將近十二點，她們會洗澡洗衣服，要是餓了，也會加點餐再上床。蒲公英和淡抹煙燻妝都告訴我，睡在一起，她倆時常聊天，聊到凌晨一、兩點鐘，也會八卦一下當天遇到的奇人趣事。

蒲公英之前在五元大舞廳跳。她長得不算出眾，像個老實巴交直來直去的小城人妻（做舞女前，她說自己在老家帶孩子），牙齒不太整齊，奶過孩子的乳房也有些鬆垂，用她的話說，身上肉敦敦的。淡抹煙燻妝相對苗條，也會打扮，有著少婦的嬌媚，或像氣質美女。她比蒲公英早幾個月來省城，心氣也高，只在十元舞廳跳舞掙錢。

去年下半年，風聲很緊的時候，各家舞廳開開停停，五元大舞廳關了好一陣，蒲公英回老家耍了個把月。回到省城，淡抹煙燻妝把蒲公英叫去跳十元。然而十元舞廳競爭慘烈，錢未必多掙。「反而是原來那裡好跳些，就是累一點。」蒲公英跟我講，她於是既跑五元舞廳也去十元舞廳。

稍稍熟了，我請蒲公英和淡抹煙燻妝吃過兩次串串，就想換個場合，沒有舞廳的燈紅酒綠與兵荒馬亂，隨意聊聊。第一次吃串串，蒲公英帶了淡抹煙燻妝來，她倆剛跳完十元下午場，換了衣服，穿著也很良家，跟有些即使在場外打扮也很妖豔的舞女還不一樣。我們約好吃串串的地方距離舞廳不遠，但是出了舞廳，她們居然找不到路，坐了一輛電動三輪車過來（平時，除了跳舞掙錢，她們很少去逛省城）。初次見面，淡抹煙燻妝說：「我是來蹭飯的。」因為那天我約了蒲公英，就沒人做飯，另一位同住的大姐，暫時也回老家了。

我們邊吃邊聊。蒲公英說她跳不來交誼舞。淡抹煙燻妝則說自己會跳一點。待人接物看得出來，淡抹煙燻妝比蒲公英見過更多世面，她在新疆待了十年，做過銷售。我們聊得最多的，當然還是舞廳，那是她們的營生，暫時的金飯碗。我說起那一陣在十元舞廳四方陣見到一個妹子，網眼衫，兩點全露且神色坦然。「聽說是個人妖。」兩個女人告訴我。淡抹煙燻妝說，每天要跳那麼多人，大多數客人，她的確記不住，大概只有跳過三次，才有印象。她也遇到香水噴得很濃的男人，把她熏得頭昏。妳們有沒有在重慶跳過？沒有，怕遇到熟人。

我說，聽說有舞客叫兩個舞女一起跳舞的，但我從沒見過。蒲公英說，她見過，就在五元大舞廳，一個老頭跟兩個孃孃跳。孃孃一前一後，把老頭夾在中間。那怎麼跳？老頭不動，孃孃動。她們哈哈笑著。沒人喜歡糟老頭，她們很慶幸基本上沒有糟老頭來找她們跳舞。看到蒲公英放在一旁木凳上的大包小包塑膠袋，我說妳還有時間出來買東西。不是，是她上班的衣服，還有高跟鞋。是啊，淡抹煙燻妝說，在舞廳穿高跟鞋穿夠了，出來，根本就不想穿了。

隨後，她們說起另一家新開的十元舞廳，在北門外，生意不好，跟她們現在跳的這家一個老闆。那幾天，這一家不時有警察臨檢，人心惶惶。為了拉生意，或是開闢「第二戰場」，這家舞廳給每個舞女發了十張新開舞廳的贈券，還派麵包車接送。淡抹煙燻妝去過那裡一次，男的少，掙不到錢。再說，實在太遠，每次來回耗時耗力。

蒲公英在十元舞廳跳了一陣，可能掙不到多少錢，還是回了五元大舞廳。有天下午，我在那裡見到她，還是站在深水區邊緣，還是穿著低胸短裙；比起跟她站在一起的那些孃孃姆姆，奇形怪狀，她在這裡反而比較搶眼。仍是非常時期，深水區比以前亮了很多。她說，深水區的牆角，昨天還有保安一直坐在那裡。跳舞不許貼著牆，怕有些人就地亂搞。然而，場內還是歡快如集市，不歡快又能怎樣？蒲公英一邊跳舞一邊告訴我，過幾天她要回老家一趟，參加小女兒的幼兒園家長會，半期了。不能線上溝通麼？我問。不能，現在的家長會，家長必須到場。開完家長會，她說，她會耍兩天，再回省城。

「前天下午，有個男的，跟我跳了一下午，過了中場，還來找我跳，就這麼抱著，兩隻手搭在我的腰上，也沒其他動作，也不亂來，也不說話，一直跳。他跳得一身是汗，弄得我也一身是汗，衣服前面都濕透了。然後，又正好站得靠近空調那裡，吹得我回去都感冒了。」蒲公英說，但她這場掙了大概三百塊錢。

想著蒲公英要回去一陣，我又請她和淡抹煙燻妝吃串串。這一次，多了一位，跟她們住一起的那位同鄉。也是舞女，將近五十，面容有些滄桑，妝化得濃，平時都在五元大舞廳跳舞；像她這樣的年紀，去了十元舞廳更難立足。跟上次不同，這次的串串就在她們的住處周邊。傍晚，蒲公英和年長舞女先到，那天下午，她倆就在附近的五元大舞廳掙錢。淡抹煙燻妝則從市區的十元舞廳趕來，打的；三人之中，她最能掙錢，也最能花錢。

我和蒲公英坐在一根木凳上，彷彿她是我的女人。她也真的像個賢慧人妻，替我去盛店裡免費的銀耳粥，用筷子給我夾燙好的串串。這樣受人照顧，我依然不自在。出乎意料，蒲公英暫時不用回老家開女兒的家長會了，給我聽她女兒的微信語音，看她女兒的照片，像個小公主：「媽媽，妳不用回來了，家長會要下個星期才開。」年長舞女像個老大姐，講起她的女兒，在讀大三，省城念書，讀的電視編導專業。

都在擔心，謠傳所有舞廳又要關門。「隨遇而安吧。」我說，說了等於沒說。淡抹煙燻妝說，關了，她就回老家去，把駕照考完。「你要不要請司機？」她開著玩笑。「她是皇后。」老大姐說，笑說淡抹煙燻妝不僅不做飯，衣服時常都要她和蒲公英幫她洗。「那妳就是太后了。」我對著老大姐說。「我啥子太后哦，我們兩個都是丫鬟。」老大姐哈哈大笑。

我們繼續聊，然而，我們沒聊剛剛去世的金庸，沒聊德國總理梅克爾前景不妙，沒聊死得悲慘的那位沙烏地阿拉伯記者，沒聊新落成的港珠澳大橋，沒聊來勢凶猛的MeToo運動，沒聊中美貿易戰，沒聊……這些，就跟「詩和遠方」一樣，並不重要。冷了，又要買衣服。蒲公英偶爾在看手機網購。不管什麼女人，女人永遠沒衣服，永遠沒衣服穿！有一天，我在蒼蠅館子聽到跑堂的孃孃也在講，哪天，要去鹽市口逛九龍服裝批發市場，買衣服！然後，蒲公英和淡抹煙燻妝說起開家長會，就是要錢嘛，娃娃的保險什麼，上次還交了幾百塊。

串串快吃完，她們要趕著上班了。再過半個多小時，夜場就要開始。「我要先走，回去洗個臉化個妝。」蒲公英有些著急。我卻兩頭為難。皇后肯定不會屈尊到五元大舞廳，要不，丫鬟今晚也去十元舞廳吧。「我不去那裡，掙不到錢！」蒲公英說得斬釘截鐵，甚至有些憤然，不再像個相濡以沫的賢慧人妻。「那你就包個場嘛。」淡抹煙燻妝說。我暗自想了想，從未在舞廳包過場，就算是個體驗，而且還是兩全之計。好吧，那就給蒲公英包一個場。「你們去吧，我不去那裡。」老大姐說。沒有辦法，總得有人犧牲掉。

夜裡八點過，我和蒲公英坐在紅火的十元舞廳角落，她又變回賢慧人妻。淡抹煙燻妝過來寒暄兩句，站到舞池邊的陣列後面掙錢去了；她的確像個驕傲自信的皇后，穿得性感卻不暴露，不怕沒有人請，從不站在第一排。非常時期，五元大舞廳開始不准舞女穿低胸裝，但在這裡，蒲公英換上了低胸短裙。「妳怎麼穿成這樣？」我說。

「這是穿給你看的。」她說。她就像上次朋友買單給周眼鏡喊的那個舞女，剝著塑膠盤中的葵花子，母親一般送到你的嘴裡。「我自己來吧。」我說。我們跳舞不多，大多時間坐著閒聊。她說別的舞女（不知道是老大姐還是皇后）教過她，要是男人約妳開房，妳又不願意，妳就開個五百元的高價，對方通常都會退縮。有次，果然有個油膩男叫她開房，她就這麼說，把對方嚇退了。

「你用的蘋果手機！」蒲公英說：「咋不換個大螢幕的。」我忍著沒告訴她，我用的是過時的蘋果手機。她的手機是小米，螢幕很大。繼續給我看她女兒照片，這次是另一張小公主，穿的漢服。「我妹子！」她很驕傲，然後笑了，見我一下反應不過來，以為她真的有個幾歲的小妹妹。她的妹子外婆在帶，有時也不聽話，還吼外婆。「妳喜歡女兒還是兒子？」我問。喜歡女兒，因為女娃娃有很多衣服可以穿，可以打扮，男娃娃就那些衣服。突然，她看到我的手機鎖定畫面亮著：「你的手機全是英文！」

快中場了。淡抹煙燻妝過來坐了一會兒。蒲公英馬上跟她八卦，說我手機全是英文，還說我剛才講，舞廳有些嬢嬢和姆姆是怎麼拉客的。她們竟然不知道嬢嬢和姆姆拉客會突然抓你私處一把。皇后和丫鬟笑得合不攏嘴。我讓她們一人也講一個笑話，或是舞廳趣聞。蒲公英講了那個跟她跳得滿身大汗規規矩矩一言不發的怪人。淡抹煙燻妝講了一位大叔，有天，坐在一旁看她被別人包場，一直盯著她。大叔顯然很喜歡她，她上廁所出來，這個吃醋的大叔也在廁所外面等著，問她包場還要多久，讓她很不好意思。她們都誇這家十元舞廳的服務。皇后說，摻水的服務員，會把她自帶的小茶包撕開，把茶沏在她自帶的杯子裡。

這次奮勇包場之後，我還在舞廳見過幾次蒲公英和淡抹煙燻妝。很快，五元大舞廳和十元舞廳又關門了，而且一關就是一個多月。我再沒見到她們。或者，只在淡抹煙燻妝的微信裡面「偷窺」到她們（我「偷窺」不了蒲公英的朋友圈）。她倆都回了老家。淡抹煙燻妝的微信朋友圈，就跟不敢「妄議」時政的共產黨幹部或「公務員」那樣，發得很少。我看到她和蒲公英一起帶著小女兒去逛喜氣洋洋的地方土特產巡展會，坐電動旋轉木馬，跟小女兒在全民K歌APP成了好友圈擂主，參加迎新親子篝火晚會，哀嘆早晨睡不醒起不來，轉發抖音的人生或情感雞湯，跟朋友或閨密一起吃飯喝酒，還有淡抹煙燻妝學駕照的自拍影片。女人總是過分愛美，蒲公英和淡抹煙燻妝的幾張自拍，美顏得跟大部分女人一樣，有著初生嬰兒的粉嫩和水靈，讓你不知道該說什麼，儘管前者的確也有可愛之處，後者的確也是氣質少婦。

去年十二月末，省城舞廳暫時有了復甦，或可緩一口氣。蒲公英掙錢的五元大舞廳，據說老闆欠了巨額房租，被法院貼了封條，開門無期。淡抹煙燻妝掙錢的十元舞廳則繼續紅火。然而，很快就是春節，多數仍在省城拚搏的舞女，那時也會歇一歇，回老家看父母看孩子。她們兩位，肯定也不會在年關將近的時節回來，即使待在老家沒有更好的出路，想要再回省城跳舞，也得年後了。

二〇一九年一月下旬寫於「羅馬」

深深愛你

一天下來，她早上才洗的頭髮，甚至她剛剛洗過的身體，有一股淡淡的煙燻或霧霾味道。她的高潮，來得很快，如果真的像她所說，兩個多月沒有做過。

一

夜裡十一點過，從「羅馬」坐公車到近郊，站在五元舞廳附近的街頭，等一個舞女下班，很像不太爭氣的暖男來接掙錢夜歸的老婆或女友。有個黃昏，另一家五元舞廳散場，你跟門外等客的電摩聊了幾句。果真有老公來接老婆下班的，他說，那個老公也騎電摩，他們問過他，不是來拉客，來拉他的女人。「那不是。」電摩朝著近處努努嘴。一個四十左右的男人，騎著電摩靠在路邊；兩個三十來歲的女人剛出舞廳，一前一後，坐到他的身後。「緊靠他坐的，應該就是他女人。」

很冷，空氣也差。行人很少。一個遛狗的中年女人在呵斥她的小狗。三個中年西藏人走過我身旁，對著迎面而來的一個女人吹口哨，盯著女人；這一帶住了不少西藏人。女人顯然剛從前面的舞廳出來，沒有理會，繼續走路。

她出來時戴口罩，正給我打電話，然後就看到我。薄款黑羽絨服，長褲，便鞋，身前斜挎一個包，不是舞女在舞廳裡面隨手捏著的小錢包（用來放錢，有的也裝保險套）。我第一次看到她這樣穿，也第一次在舞廳外面見到她。

她用一隻手挽著你倚著你，像老婆，又像女友。舞廳人不多，快散場了，她說。

「我們去哪？」我問，一邊跟她往二環外走。

「我們去那邊那個酒店可不可以，乾淨一點兒。」她指著不遠的高樓，說著那裡的房價。不貴，才一百多一點。夏天，一個廣州來的客人，在那兒住過幾天，常來酒店近旁的五元舞廳。她跟他熟了，他人不錯，她去他房間洗過幾次澡。

她的鼻梁有點挺，但並非做過，長髮散到背上。省內某地人，她的本省口音，卻像少數民族講漢話；我問過她，但她不是少數民族。跟我包過場的蒲公英一樣，她在五元舞廳也算順眼，比起好多孃孃姆姆，掙錢相對容易，而且，她穿得也不算過分暴露。夏天，也許，正是她去廣州客人那裡洗澡那陣，我跟她在還沒警察臨檢的舞廳跳舞，有次，她拉開你的褲鏈，捏著它說：「哥哥，我給你戴套套哈。」我沒讓她戴套，我們沒像狗一樣，在亂哄哄的暗黑之中當場交合。

然而，她有一種不會讓你厭惡的天真與頑皮。有次在深水區，她把嘴湊你耳邊，兩唇閉攏，冷不防使勁「叭」一聲。一陣耳鳴，你有突然失聰的惱火。「下次不許這樣了。」她哈哈大笑。「妳有老公嗎？」「你就是我的老公，是我跳舞的老公。」每一個舞女都會逢場作戲，大概這就是她的逢場作戲。還有一次，你摟著她，她的腰突然往後彎，彎成幾乎九十度，彷彿一個絕望的女人祈求什麼。

風聲緊了。她消失好一陣。再次見到，她說她去旅遊了。我沒追問，她也許回了老家。那天下午，四曲還沒跳完，燈就大亮。她像所有舞女一樣驚慌，急著讓我把錢給她，趕在警察進來之前，再度從後門消失。

這一次，她的「旅遊」更長。等她現身，省城舞廳比從前亮了很多。她換到附近另一家五元舞廳，之前那家關門了；不時，她也去十元舞廳，儘管那裡的競爭更激烈。

久不見面，我一眼認出她，她似乎也記得我。我們留了電話。之後，每次跳舞，她不再讓你突然耳鳴，但她還會在你耳邊，或許，也在好些舞客耳邊，反覆喚著，念誦一般，哥哥，或者，老公。大多數舞女不這麼叫，也許，她真有一股天真加放肆。有時，她很溫柔，一邊親，一邊說：「你很乖。」「不，妳乖。」我說。「不，還是你乖。」她說。「我想吃你！我想日！」有時她又會這樣說，語言動作都很粗鄙，用下身不停撞著你的下身，撞得你疼，像要把你的命根子撞斷；或者，像以前那樣，腰突然往後，彎成幾乎九十度。

就像我跟別的舞女，我們每次跳得不多，不會超過六曲。有天下午，跟她跳過，如同往常，我繼續在擁擠的場內瞎逛。過了一會兒，我又看到她，坐在深水區前的軟長凳上，角落靠牆，跟一個三十來歲的小混混一起，手牽手，頭靠頭，兩人似乎睡著了；一束暗紅聚光燈正好照著他倆。有那麼幾秒，她睜開眼，顯然假寐，看到我在望她，笑一笑，又合上眼。後來，我打開手機「偷窺」她的微信，「深深愛你」，這是她的ＩＤ，還有這段話：「世界時間過得真快，所有人過得心真累。三個字，真的煩。」

儘管比很多舞女活潑或愛開玩笑，但她不像有些舞女，她的經歷我一無所知，她也很少主動講自己。只有快過年了，跟所有舞女都很容易撩起話題，她才跟你講，一個同姓非親生的哥哥開車來省城，她妹妹生小孩了，她去挑了一個嬰兒車，讓這個哥哥帶回去，批發，才兩百，外面要賣三、四百。又過幾天，她告訴我準備多少號回老家。回去看妳娃娃？不看娃娃，娃娃跟著前夫。妳的娃娃是男還是女？妳不想妳的娃娃麼？「你不要再問了嘛。我一個人過習慣了。」她說，並非不耐煩，更像不願說起。

「哥哥，再過幾天我就走了。走之前，我想跟你睡一個晚上。」有天夜場，她突然說，有些鄭重其事。儘管我們「認識」之後約過好幾次，要麼半開玩笑，要麼我在藉故推託，然而這次，她的話讓你莫名觸動。

「跟我跳過舞的人裡面，你是我最喜歡的，你很溫柔，又愛開玩笑。我這個人從來不會說假話的。」她說。她的「少數民族」口音，讓你覺得，她真的不是在說假話，即使她肯定也想過年之前多掙一點錢。她的大姨媽快完了，她有兩個多月沒做愛了。「我們做一晚上，我兩次，你兩次……」她說，既給自己也給「哥哥」許著美好願景。妳喜歡什麼姿勢？我開著玩笑。她一邊跳舞，一邊比著四種姿勢，假裝呻吟，把我當成對練人模。

那晚，跟她跳完，我在場內繼續晃蕩。有一陣，我就站在昏暗的舞池邊，背靠一根柱子，望著幾步之外蠕動的人群。突然，一隻手碰碰我，她在柱子另一側，貼住一個三、四十歲的舞客搖擺。男人也靠柱子，頭埋到她的腦袋一側，正好望不到我。隔了就那麼兩、三米，她幾次伸出手來，拽著我的手不放，對我偷笑，彷彿一個出軌女人，一邊跟自己的男人虛與委蛇，一邊暗中挑逗另一個男人。

下次見到她，我說以後別這樣，要是那天跟妳跳舞的男人發現，他會找妳麻煩，甚至可能對妳不客氣。「我跟我的朋友開開玩笑，管他啥子事嘛。我只是跟他跳舞，又不是他的女人。他要打我，我們兩個就一起打他哈。」她說。然後，她又提起睡一晚上，彷彿這是她回老家前的一大心願。我們現在就去吧，她說，我的下面都濕了，不信你摸。不，再等兩天吧，我給妳電話，我說，雖然也想日，也想吃她，卻像一個有色心沒色膽的懦夫或假正經。

二

可是今晚，舞廳外，她的歡快少了幾分。剛走過二環路，她說，白天沒去上班。她新買的戒指，昨晚發現丟了，心裡不舒服，睡了一天。「買成一千多塊，鑲了一小朵金花，我要跳好幾天舞才掙得到哦。」戒指很小，她可能放進衣服口袋，東一下西一下，就不見了。妳買戒指做啥子？「就想過年回家戴著玩。」她說：「算了，哪裡還找得回來，丟了就丟了。」

快十二點了。我們沒有直接到酒店。妳想吃宵夜麼？她搖搖頭。想不想喝點酒？不，她不喝酒，聞不來酒的味道。那去附近買點水和水果吧。她想吃柑子。柑子？那該是她老家的叫法。我們走進深夜的低端街區，很多小店還沒打烊，另一家十元舞廳剛剛散場，男男女女從門口出來。「妳不怕有人認出妳？」她不怕，再說她戴了口罩，穿得也跟跳舞的時候不一樣。不，這家水果店很貴，我們去那家，她說，不，也不在那家買，去拐角那家，我都在這家買水果。她挑了兩粒柑子、兩個蘋果、兩根香蕉。一人一份。我們都沒想過多買，好像超出兩個，超過明早，就是負擔，也是不該有的承諾。便利店買水，我要的無糖飲料，她卻拿不定主意：「你幫我選，我要甜的。」

拐進大樓巷道，酒店就在前面。「哥哥，你開一個有按摩椅的房間哈。」她想按摩，因為跳舞很累，每天站得太久了。前晚下班，她還去按摩店按了一個小時，右邊大腿疼，背上也痠。進了酒店，她戴著口罩直接走進電梯等我，沒有房卡她也上不去。我開了有按摩椅的房間，比她說的價格貴了五十塊錢。一起上樓，出了電梯，她問房間多少錢。「那麼貴？他們肯定騙你，看你這個樣子有錢。」

剛進房間，她驚呼一聲，除了床單被套都是雪白的，其他地方，跟她以前洗過澡的房間不一樣，比那個漂亮，比那個整潔，牆上還貼了紅白藍相間的隔音絨布，她喜歡這些對比強烈的顏色。「嗯，他們前一陣重新裝修過，可能價格是不一樣了。」她很興奮，調好手機自拍，要我幫她拿著手機，退後幾步，對著鏡頭，做著比著很多女人自拍時的表情和手勢：V指，鬼臉，嘟嘟唇。不，這張不好，再來兩張。我幫妳照吧。不，這樣就行了。

我從廁所小解出來，她已拍了一段幾秒影片，拍的只是房間。「這個房間好漂亮哦。」她在影片裡用「少數民族」風味的本省話說，剛用微信發給那位廣州客人。發給他做啥子？不做啥子，也沒別的意思，就想讓他看看房間。他在非洲，她說，給我看廣州人的文字回覆：「是舞廳旁邊那家酒店吧？這個房間我沒住過。」

按摩椅是掃碼按摩，二十分鐘八塊錢，一小時二十元，她選了二十分鐘。那家關門的舞廳也有按摩椅，好多車站也有，她一邊躺到上面一邊說。我坐到旁邊的椅子上，繼續像個關懷體貼的窩囊暖男。開始了。好舒服！比按摩店按得舒服。跳舞真的很累，她說，每晚回去洗漱一下，十二點過就睡了，倒床就睡。她沒撒謊，至少每次我看到她在舞廳，不是跳舞就是站著，除了那次陪著小混混假寐，從沒見她坐過。我也想起有天在舞廳，她要我抱緊她的上身，使勁擠壓，直到後背某個地方的骨頭，打通關節似的，輕輕響了一下，就輕鬆了。她半閉雙眼，身體隨著按摩椅起伏抖動，就像在跟按摩椅做愛。

躺在按摩椅上，吃著柑子，她講起那個跳舞認識的廣州人。是個經常出差的生意人，三十多歲。廣州人常來省城，在這家酒店住過幾次。跟他熟了，她時常到他這裡洗澡。人很好，對她沒得啥子企圖。他們只開過一次房。後來就是跳舞。去年，舞廳關門那陣，她回了老家，沒錢報名駕訓班，也沒生活費，找廣州人借五千塊，說她一、兩個月內肯定還他。廣州人立刻給她發了一個五千塊的紅包。

「人家也不瞭解我，馬上就把錢借給我了。後來，我回來上班，生怕舞廳又關門了，我掙不到錢，還不起這五千塊錢。我這一輩子，這是第一次找人借錢啊。幸好那一陣舞廳沒有關門。這個五千塊錢，我後來分兩次還給他了。一次還兩千，一次還三千。」

「妳還的現金，還是給他發的紅包？」

「現金。他經常來這裡出差，都住這家，我就當面還給他了。他還說，妳別急，先用著，慢慢還，我不等著用錢，以後妳有什麼需要儘管說。他這個人，我這一輩子都會記著。」

廣州人到處飛，今天省城，明天北方，後天非洲。「他住酒店可以報帳。你開房可以報帳嗎？」她問。

「報不了。」

「他剛才還說，非洲現在正是吃午飯的時候。你去過非洲嗎？」

「沒去過。」

「我也沒有。」

三

二十分鐘過去了。她站起來，像在舞廳那樣，讓我抱緊她的上半身，使勁擠壓，直到後背某個關節輕輕響了一下。舒服了。她讓多少人這樣擠壓過？廣州人？小混混？那些光頭大叔？光頭大爺（但她有次告訴我，她不掙糟老頭的錢）？然而，室內的壁掛空調不夠熱，就跟我在「羅馬」的空調那樣疲軟。早知道去我那裡，她說。她租的單間，也在附近。妳那裡有空調？沒有，但有電熱毯，她說。我想起下午給她電話，她問我今晚要不要回去。我們原本說好去她那裡，我也一直想看看一個舞女的住處。今晚我不回去了，我在電話裡說。那我們去外面吧，她說。我錯過了難得的機會。

不早了，該睡了。你先去洗澡，她說。不，妳先去。不，還是你先，我洗的時間長。都不是因為害羞而拘謹（要說拘謹，或許應該我還有些），都見過男人或女人。前幾年，有一次，我在一個三十來歲離了婚的單身女人家裡過夜，她在樓中樓的二樓洗完澡換好睡裙，站到樓梯口，一半客氣，一半命令，把傻坐樓下客廳的我召了上去：「周先生，該洗澡了。」進了二樓浴室，女人在臉盆前刷牙，大義凜然似的，或像貞女，頭也不回：「你不用擔心，我沒興趣看你。」的確，有些男人女人到了中年，對異性身體的興趣，或者欲望，更懂得掩飾，更迂迴曲折，更讓你弄不清楚他或她究竟有沒有興趣，或有沒有欲望。

先洗完澡，調暗燈光，我半躺床上等她，就像等著一齣戲的女主登場。幾乎所有女人沐浴，都像一個莊重緩慢、程序繁複的儀式，不容兒戲。與其說女人是水做的，不如說女人更離不開水。一個女人的一生，要用多少水？肯定多過絕大部分男人。十來分鐘後，浴室門開，她戴著浴帽裸身出來，沒有任何不自在；她早上才洗過頭髮。三十多歲的女人，乳房不大，未見明顯鬆垂，腰腹也無贅肉墜肉，她真的不太像是生過孩子。然而，儀式還沒結束，她背轉身，掏出化妝包裡的這樣那樣，對著衣櫃鏡子搽臉抹臉；她的臀部一側，有些雀斑或色斑。

接下來，則是俗套，或是另一項更重要的二人儀式，約了太久，必不可少。儘管，如同江湖對打，彼此不明招數，試探幾下，亂拳之中，更不忘小心翼翼保護自己，幾個回合卻已收兵，不分勝負也不必分出勝負。唯一讓我覺得新鮮，但也略有失望，是她一直把它叫作弟弟，或許在她老家都是這麼叫：「哥哥，我想要弟弟了。」還好，她沒叫它小弟弟。不必用盡她在舞廳跟我戲言的那些姿勢，她比她嘴裡說的保守；她畢竟不是那些天不怕地不怕的孃孃和姆姆。

一天下來，她早上才洗的頭髮，甚至她剛剛洗過的身體，有一股淡淡的煙燻或霧霾味道。她的高潮來得很快，如果真的像她所說，兩個多月沒有做過。「好累！」她說。我們都在喘氣，彷彿久不敦倫的老夫老妻難得活動一下筋骨，或是久不運動的脂肪男女爬上二、三十層的電梯公寓頂樓。隨後幾天，我們會不會都是一身肌肉痠痛？

這個儀式之後，關掉所有的燈，我摟著她，她靠著我；她自動講起睡前故事。女人，如果真的就像張愛玲改頭換面的那句西諺，「到女人心裡的路通過陰道」，那麼，夜深人靜的另一種昏黑之中，不同於深水區四處沸騰的昏黑，她正悄悄給你打開通往內心的那道門，哪怕只是暫時。

她說，有兩個男人，都是舞廳認識的，都想跟她耍朋友。一個跟她差不多年紀，另一個比她小一點。都是省內市縣的人。一個知道她跟別人開過房，另一個不知道。

兩個人都跟她講，只要她好好跳舞，正規跳舞，他們不會計較她之前做過啥子。但是，她不想跟他們耍朋友。

「我要是跟他們耍朋友，今天兩個人去這裡耍，明天又跟他的朋友一起出去吃飯，來來去去，我的心思就不會放在上班這裡。而且，我是個一心一意的人，慢慢有了感情，就會只想著對方，就會不想著上班了。我現在最主要的事情，就是上班掙錢。」如同我遇到的一些舞女，她很少用跳舞二字，多數時候都說上班。

想跟她耍朋友的其中一個，自己有輛車，但他前頂掉頭髮，花了兩萬多植髮，現在倒是一點看不出來了，不過剪的都是短髮，她說。那妳現在還常見到他們嗎？「他們平時都忙，很少來跳舞，我也沒問過他們是做啥子的。但是我們都加了微信，他們在微信裡面經常老婆長老婆短地叫我，我曉得他們是在開玩笑。」另外一位，跟她去過她住的地方，她下班後回去換衣服，他跟著過去看看，然後兩個人一起出去吃個飯。有車的那位，她跟他開過一次房。那天，他開好房，叫她打車過去，先還給她發了紅包。「不是你想的那樣。」她說。他那天喝了酒，就是一起聊聊天。她跟他睡了一晚，衣服都沒脫光，雖然她摸過他的下面，硬的，但他們沒做。

她的第二個睡前故事，終於說到自己。她結婚早，生小孩也早，總共生了三個孩子，就沒怎麼上過班。第一胎是男孩，現在都十一、二歲了。第二胎是雙胞胎，超生，都是女孩。「他們長得都很漂亮，眼睛比我還大，眼睫毛也很長。」她說，很驕傲。

「真的看不出來妳有三個娃娃。妳的身材和樣子根本不像有三個娃娃。」

「我生第一個的時候，人家都說看不出來我生過小孩。」

「三個娃娃為啥子一個也沒跟著妳？」

她的前夫好賭，還好冰毒。「抓進去都好幾回了。我跟他又是吵架又是打架。他這個樣子，我咋個跟他過嘛。」她說。他們離婚時，三個娃娃都小，前夫一個也不給她，而且從小就教孩子，說他們的親生媽媽不在了。

「他後來又娶了沒有？」

「娶了。」

「後媽對娃娃怎麼樣呢？好不好？」

不曉得。她和前夫再無聯繫，她連對方的聯繫方式都沒了，早換號碼了。一開始，她覺得很對不起自己的娃娃。現在，也沒什麼感覺了，因為娃娃跟她肯定也沒啥子感情，甚至根本不知道有她。「我一個人也過慣了。」她重又說起那天跟我在舞廳說過的那句話，「以前，我覺得一個人過不好，現在，覺得一個人過也沒啥子不好，只要沒得病。」

「那妳想不想再生一個？」

「我還可以生，又不是不能生。只是我不覺得還可以遇到好男人，可以跟他過下去的男人。好男人都做了別人的老公。」

「跳舞之前，妳來過舞廳嗎？」

「來過，十多年前，我就跟朋友來這裡的舞廳耍過一次。我還以為是找小姐的地方，裡面又吵，耳朵都快震聾了。當時還不曉得，這裡是可以這樣跳舞掙錢的。」

她來省城上班，大半年了。她不想住在老家縣城，儘管娘家人對她也沒什麼不好，「一家人，咋會不好呢」。但是，畢竟有過自己的家，住在娘家，反而不習慣了。每次回去，她都不想住得太久。她也曉得，以前在省城跳舞的舞女，可以買車買樓，然而現在，不要說這裡，就算老家，她也買不起房子。她去看過老家縣城的電梯公寓，九十多個平方，都要二十多萬。一小家人住足夠了。但她一個人，又不常在老家，買來做啥子呢？再說，她哪來二十萬。買了房子，還要裝修，加起來，起碼也得三十萬左右。

「你呢？現在有沒有老婆？」她問。

「離婚了。」

「有沒有小孩？」

「沒小孩。我們離了很久了，她在外省。」

「你們為啥子沒要小孩呢？」

我編了一個當初沒要小孩的理由，但也不全是撒謊。

「那你們現在還有沒有聯繫呢？」

「基本上沒有聯繫。有事情的時候會聯繫，但很少很少。也有電話號碼，但我從來不打，對方也不打。」

她覺得，以後，她要是有男人，她希望對方就跟她一樣，離了婚最好斷絕聯繫。

她受不了跟她一起過日子的男人，不管是誰，還跟從前的女人牽牽扯扯。

講完睡前故事，她很快睡著了，真的像她所說，倒床就睡。一開始，我們還相互靠著摟著，彷彿相依為命，過了一會兒，各自睡回自己習慣或舒服的姿勢。有一陣子，她平躺著，不時輕輕打著呼嚕。我卻半睡半醒，不知過了多久才沒知覺。跟她一樣，我也一個人過慣了，久不習慣與人同睡。

四

我們沒像她說的那樣，做一晚上。她的美好願景，只實現了一半。下半夜的第二次，她的高潮，如果真是高潮，依然很快。事後，她依然說了一聲：「好累！」

天亮了，陰亮陰亮。醒來已是九點半。昨晚她就說過，她要去五元舞廳跳早場，這個時辰還可以跳一個多小時。「我必須去掙錢，不然回去我沒得錢用。」她下了床，一邊扣上暗藍胸罩一邊說。她的同色低腰三角內褲，一側有兩根帶子；這種款式的內褲，總是讓你想起獨眼海盜的眼罩。

進浴室前，她嗔怪道：「你後來一直用屁股頂著我睡。」

她開始洗漱，化妝；大部分女人起床後的儀式，不論貧富貴賤，依然莊重、緩慢，不容兒戲。搽臉的時候，她發現昨晚出來忘了帶上眼線筆，「這樣走出去會沒睫毛，好怪。」算了，將就了。但是面霜也快用完了。「煩，又要去買。」她說。然後，她看著台前鏡子裡的自己：「哥哥，我覺得我老了，我以後咋個辦嘛。」她又說起自己生了第一個娃娃之後，別人都說看不出來她生過孩子。我安慰她，妳現在也看不出來生過三個娃娃。

儀式完畢，她兩手撐著椅子，彎了幾下腰，扭著，像在自我勵志賽前熱身，很快又有一場搏鬥。不像跳舞跳得開心的時候她會向後彎腰，這一次，她的腰是往前彎。昨晚買的兩粒柑子，兩個蘋果，兩根香蕉，我們一人一份，但香蕉她全吃了：「我把香蕉都吃了哈。」她的早餐，除了一根香蕉，還有一個蘋果。

臨走前，她拎著飲料還剩一半的塑膠瓶，戴好口罩，挎上腰包，走到床頭。她彎下身子，隔著口罩，她的嘴唇跟我的嘴唇碰了一下，算是道別。

正午剛過，我已在「羅馬」。手機響了。「我就是打個電話，看看你回家沒有，吃飯沒有。」她說。今早，她掙了一百來塊，還算可以。散場後，她還跟一個哥哥出去吃了午飯，炒了幾個菜。吃完飯，她就回住處了。

「妳看，早上掙的這些，加上我發的紅包，妳再跳幾天，丟的戒指不就回來了。」

我說。

二〇一九年二月上旬寫於「羅馬」

在舞廳過年

她用一隻手或五指，把周眼鏡送進深水區最深處，或是讓他超越幽暗的一瞬，伴舞的歌曲，是男聲獨唱的紅歌〈映山紅〉。

一

周眼鏡過一天算一天，但跟前些年不一樣，他愈來愈喜歡過年。每逢過年，省城就是空城一座。那幾天，下樓上街，宅在「羅馬」，都有平時沒有的安寧或靜謐，近乎靈性或神聖，令周眼鏡感動，乃至感恩。那麼多活生生的人，一下子就不見了（只是過幾天還會一下子冒出來），他覺得真的很像神蹟。即使詭異，即使空氣不好，天色陰屍倒陽，他也希望，要是經常過年，多好。

今年過年，周眼鏡更喜歡了。除了短暫的歲月靜好，除了新二村這類落伍街區的露天茶館不關門，安寧之中也有鬧熱，他還多了一個同樣鬧熱卻更暖和的去處：洞洞舞廳。洞洞，並非今年春節才不關門，據說從前過年也開，可是，對於周眼鏡，這是他在省城舞廳過的第一個春節。

春節前，周眼鏡看到一家五元舞廳的告示，過年照常營業，三十初一也不關門，他就想好要在舞廳過年。他也聽有位朋友和幾個舞女說，多數舞廳過年不關門。儘管一位舞女告訴周眼鏡，春節期間，十元一曲要漲成二十元一曲，五元一曲要變成十元一曲；舞女一般也會多要，客人一般也會多給。可是，這點錢不能節約，就當發紅包好了。他也想好了，二十元太貴，他還是只能多去五元漲成十元的場子。

臘月二十九，趕在漲價前，周眼鏡去了一家十元舞廳，跟一位自貢舞女跳了幾曲。這家舞廳，去年多數時候燈光很暗，還有幾個自稱只打炮不跳舞的高躷「女神」駐場。風聲很緊那陣，這家斷斷續續關了好幾個月，最近重開，不像之前那麼膽大，不過依然紅火。

自貢舞女三十來歲，額前頭髮用髮膠弄成低低的飛機頭，但還別致，有些楚楚動人。「就是晚上睡覺只好平躺。」她說。她在浙江開過超市，全場十元什麼都賣的那類大雜貨店。春節她不回老家，就在舞廳過。周眼鏡想起有個朋友剛剛告訴他，這家舞廳給每個舞女發了十張門票（一張門票十元），算是新年禮物。過年那幾天，舞女等於免費入場，還有錢掙。周眼鏡想，換成我是舞女，單身離異或不想回家，我也願意在舞廳過年。

「明天來這裡耍嘛。」自貢舞女說。不過十來分鐘，周眼鏡和她聊得不錯，彼此都有基本好感；不像周圍有些男女，雙方也算規矩。最後，想到這家有的舞女喜歡多報曲數，他故意問她跳了幾曲。自貢舞女看看腕錶：「應該有九曲吧。」

「五曲，我記得很清楚。」周眼鏡說。

她接過錢，沒出聲，也沒道謝。他倆，就像幾乎所有的舞廳男女，就像陌生人，各自走出深水區亂哄哄的昏黑。

二

大年三十，午後，「羅馬」靜如寺廟。下樓，上街，只有零星汽車和行人，若無高樓大厦，就像回到一九八〇年代初期的省城。詭異的穿越感，並未到此為止。「羅馬」對街，就有一家五元一曲的地下室舞廳，兩個鐵柵通風口，就在地上某家麵包店門外。少了公車轟鳴，少了車胎駛過街面的沙沙沙，舞廳音樂的咚咚咚，透過兩個通風口傳到街邊，比平時聽得更清楚，彷彿荒野中遠遠傳來的神祕鼓聲。

周眼鏡坐電梯到了地下。舞廳門口買票，想到大年三十，他怕進去沒人，問了一句：「裡面人多不多？」「人多！」賣票的男人說。進去，果然人多，不輸平時。周眼鏡想，這不像鬧市的舞廳，更像寂靜幽深的原始森林，林間空地的部落聚會。

這家舞廳就在「羅馬」對街，去年下半年，省城很多舞廳關門，周眼鏡才第一次來。像個老年俱樂部。跳交誼舞的，多過跳砂舞的。舞女年齡，多半也在三十到五十之間。來多幾次，周眼鏡遇到一位「羅馬」鄰居，豐乳肥臀，幾乎跟他一樣高，交誼舞跳得不錯。他不會跳舞，只跟她跳過幾次砂舞。她是本省人，不到四十，以前在一家高檔舞廳跳，風聲很緊時，那裡只能喝茶，她就到這裡，距「羅馬」也近。豐乳肥臀不像很多舞女那樣話癆，跟她跳舞，加之她的身型高大，又住「羅馬」，周眼鏡常常感到一種尷尬的默然。

但是，豐乳肥臀今天不在舞廳，肯定回老家過年了。場內逛了幾圈，周眼鏡走過舞池附近坐著的一排舞女，多是跳交誼舞的，衣著比跳砂舞的素淨。其中一位，跟豐乳肥臀差不多年紀，揚臉對他微笑。昏暗中，剎那間，她的笑，別樣動人，別有期待；她的臉，也給人好感。周眼鏡一陣衝動，或許也是化學反應，不是每個舞女讓他有這樣的衝動或反應。他想，自己真的是在參加叢林部落的聚會。他也微笑，對她招招手，他倆走向交誼舞池後面的深水區。

一開始，周眼鏡和她聊得不多，或許還來不及閒聊。很快，幾乎同時，他倆貼在一起親嘴。「你讓我好衝動哦。」她在他的耳畔說。周眼鏡很少聽到舞女這樣講，更別說對方還穿長褲和薄毛衣，並非那些穿得暴露又很隨便的舞女。他們親了又親，舞女比周眼鏡更主動，她的嘴一直在找他的嘴，她的手伸向他的褲鏈。最後，他們靠在深水區一角沒人的牆邊。「你喜歡我咋個摸它？摸它，還是摸蛋蛋？」她問。他告訴她。她拉著他的手，要他也摸她。她的長褲裡面穿了褲襪。「妳穿了一層又一層。」周眼鏡說。「專門留給你的。」她說。她的呻吟，不像假裝。

她用一隻手或五指，把周眼鏡送進深水區最深處，或是讓他超越幽暗的一瞬，伴舞的歌曲，是男聲獨唱的紅歌〈映山紅〉：

夜半三更喲盼天明，
寒冬臘月喲盼春風，
若要盼得喲紅軍來，
嶺上開遍喲映山紅……

聽著紅歌短暫超脫，周眼鏡有股惡意的快感，還有解脫之後的輕微虛脫。她沒帶紙巾，又穿得層層設防，顯然不是專在深水區活動的那類舞女，他可能真的讓她很衝動；她的衝動也讓他衝動，她說她想用舌頭，她想把它放進去。「哪天，我們可以真刀真槍來一次。」她說：「我在床上很激烈的，我會扭來扭去。」

他們繼續跳了一小會兒。「你是我今年的第一個男人。」她說，像是現場授勛，要了他的電話號碼，馬上給他發了一條手機簡訊，祝他新年快樂。妳過年不回老家麼？周眼鏡明知故問。不回。她有個十歲女兒，她把女兒接來省城過年，她的母親，也就是女兒的外婆，也跟著來了。一會兒回住處，吃完團年[1]飯，她還要來跳舞，來掙錢。她們都不知道她在跳舞。她跟她們說，除夕，她要加班。

三

周眼鏡也要加班。他更簡單，團年飯也省了；去舞廳，更不需要跟誰撒謊。晚上八點，周眼鏡坐公車去了另一家五元舞廳「毒氣室」，參加又一個叢林部落的神祕聚會。除夕，近郊街頭比市中區「羅馬」更冷清，只有「毒氣室」門口還有一些人氣。

這家舞廳也是地下室，名氣更大；深水區的形狀布局，總讓周眼鏡想起奧斯維辛，所以他叫它「毒氣室」。去年，風聲很緊的時候，「毒氣室」關門的時間比其他舞廳要少，但是燈光一直很亮，幾個保安也常在深水區穿梭，害怕舞女舞客亂來。

周眼鏡來到「毒氣室」時，夜場剛開始不久。場內沒他下午去的那家舞廳人多，但也有近百男女，雖然好些看熟的舞女，今晚都沒來，多半是回老家了。交誼舞池後方，就是深水區，燈光卻比平時調得暗，也沒如臨大敵的保安守著。

跟往常一樣，他買了一杯五元花茶，坐在舞池邊的茶座。跟往常不一樣的，每張桌子擺了一個盤子，裝著瓜子、花生、糖果和小金橘。這是舞廳招待客人的，就像周眼鏡前些年常去的省城一家露天茶館，一到過年，穿豹紋皮褲的老闆娘，長相很像熟年王祖賢，也會用碟子裝些花生瓜子端出來。磕著瓜子花生，周眼鏡既感動又開心，因為這些簡單的茶食，也因為舞廳沒有像他想的那樣擺出一台大電視，逼你看春晚。只有場內兩邊的牆上，新掛了兩幅中國結福字。

他先跟兩個舞女跳了幾曲。第一個舞女三十好幾，竟是省城人，除夕不在家過，跑出來跳舞。圓臉，白色髮夾，全劉海，黑連衣裙，高跟鞋，一個腳踝繫了一條細細的金鏈。她以前在別的舞廳，那兩家後來關門，至今沒開，她就今天這家明天那家，

1 圍爐，又稱年夜飯或團年飯。

幾處跑。省城舞女主動跟周眼鏡說起春晚：「都是豁鬼的(2)。」在家看春晚，不如來跳舞，再說，「現在的親戚也沒意思，還比不上朋友。」跟周眼鏡遇到的幾個本地舞女一樣，她也有著土生土長省城人的自傲，原來家住一環路內，後來拆遷，住到西邊的三環路外。離婚了，現在哪買得起房，跟父母住。「受了情傷，就來跳舞了。」她不無自嘲。跳了好些年，也不想上其他班了，自由。然後，她主動說起今天跳舞，一曲要收十元。

第二個舞女，跟第一個差不多年紀，雲南人，自稱白族，穿得卻比省城舞女暴露，紅色低胸連衣裙。周眼鏡在大理古城住過兩年，跟她聊起大理。但她有點寡言，只說在昆明的舞廳跳過，白族也要過年。跳舞時，她用搭在周眼鏡背上的一隻手，不停看手機發簡訊，也許在跟朋友或閨密拜年。周眼鏡最怕不怎麼說話的舞女，更不喜歡舞女一邊跳舞一邊看手機。兩曲之後，他也沒弄明白她的老家是在雲南哪裡。如同剛才跟省城舞女跳，周眼鏡跟雲南舞女跳，一曲也是十元，兩曲就是二十元。

周眼鏡跳的第三個舞女，則在該看春晚還是跳舞之間猶豫過。她五十好幾了，是個相貌平常的胖姆姆，顴骨高，衣著有些土氣，頭髮紮成馬尾巴，乳房很大，露出大半。周眼鏡每次來「毒氣室」，幾乎都看到她。有晚，一個六十左右戴眼鏡的舞女，周眼鏡私下叫她西班牙眼鏡孃孃，因為長得很像西班牙導演阿莫多瓦電影中的角色，突然丟了手機，在場內慌慌張張找來找去。當時，這位胖姆姆就站在周眼鏡身旁，他跟她搭話，問她西班牙眼鏡孃孃為啥子忙亂。後來，胖姆姆兩次讓周眼鏡跟她跳舞，他都沒跳。這個除夕，周眼鏡覺得，應該主動請她跳幾曲。

胖姆姆很開心，跟周眼鏡抱在一起的那一刻，話就沒有斷過。她初四回省內老家，跟女兒和兒子兩家人一道，他們開車。她沒老公，兒女都在省城做事，買了房子，她住女兒家。都不知道她在跳舞，她跟他們說自己在做家政。今晚，吃完團年飯，她本來想看春晚，但是，現在的春晚又不好看。七點鐘，還得等一個小時，她三心二意。還是出來跳舞吧，就騙孫女，說她接了一個電話，要跟幾個朋友打麻將。「婆婆，妳不要走嘛。」念小學的孫女說，但婆婆還是走了。

她還記得那次我和她搭話。「我們搭過話的。」她說，隨即跟我八卦西班牙眼鏡

2 省城話，就是騙人的。

孃孃為啥子會丟手機：孃孃給兒子娶媳婦，收了還是借了某舞客不少錢，說有上萬，那個舞客那晚過來找她。「妳拿了人家的錢，人家有那方面的需要，妳咋敢說個不字嘛。」所以，西班牙孃孃急急忙忙穿好衣服，跟著那位舞客出去之前，突然發現手機不見了。

周眼鏡和胖姆姆跳舞，是這個除夕他最開心的一刻，甚至開心過下午那個舞女讓他超越幽暗的一瞬。「我們那天搭過話以後，我就在想，這個帥哥很巴適，要是跟他跳幾曲，哪天抱在一起日一回，好安逸哦！」胖姆姆一邊感嘆，一邊親了幾下周眼鏡的脖子。周眼鏡哈哈笑了，輕輕拍了幾下她的背。「新年快樂！」他和胖姆姆相互祝願。「啊，你給了這麼多！」胖姆姆說，接過周眼鏡的幾張十元鈔票。

他一直待到快要散場。將近午夜，場內只剩十多二十個人，還有一、兩桌喝得醉醺醺的大叔和大爺，不時把空酒瓶哐噹一聲碰翻在地。他看到省城舞女換好衣服下班了，胖姆姆也不見蹤影，可能回去陪小孫女看春晚下半場了。只有紅色連衣裙的雲南舞女和五、六個舞女還在，想在即將過去的狗年再掙一點錢。

出去坐公車回「羅馬」之前，周眼鏡去了一趟廁所。撒完一泡尿，他聽到幾聲公雞叫，該是外面的居民樓裡誰家養的。這隻公雞，可能活不了幾天，就會成為主人桌上的涼拌雞塊或紅燒雞塊。

四

大年初一，周眼鏡去了兩家舞廳，除了門票和一杯茶，分文未花。下午去的五元舞廳，晚上去的十元舞廳，都有一碟碟免費茶食：瓜子、花生、糖果和小金橘。燈光普遍較暗，保安很少巡場。舞女和舞客比平時少，然而，比起街上的詭異安寧，已屬歡快而且正常。他兩次看到有大叔大爺請兩個舞女跳交誼舞。她們一左一右，牽著男人的手，圍著他穿花起舞。周眼鏡再度有些感觸，反而這個時候，外面那麼多人一下子不見了，這裡的男男女女，不管跳交誼舞還是砂舞，玩得更放鬆更開心。

在五元舞廳，周眼鏡到廁所小解時，身旁一個四十出頭的小個子男人也在小解，他突然轉過頭跟周眼鏡說，帶著讚嘆和炫耀：「我跟一個比我還高的婆娘跳，她的奶奶摸起來好安逸哦。我給了她兩百塊錢。」「你跳了幾曲哦？給了兩百塊？」周眼鏡問。男人有點醉，楞了一下，可能覺得周眼鏡小氣鬼：「過年嘛。婆娘的錢，該給就要給，不可以少給的。」

晚上的十元舞廳，人還要少些。十元一曲漲成二十元一曲。不是每個舞客都有跳幾曲就給兩百的豪氣。看的人比跳的人多。周眼鏡也捨不得這個錢，他就像個貪吃零食的偏執狂，不停磕著瓜子花生，剝著小金橘。這家舞廳的通風不錯，暖氣讓他周身暖和，懶洋洋，什麼也不多想。

快到中場，一個大約四十的舞女，坐他身旁跟他搭話：「這裡下午人多不多？」她第一次來這裡，長裙很薄，透出白色平角內褲。平時白天上班，晚上才去跳舞。「掙點房租。晚上一個人在家也不好耍。剛才有個男的跟我跳了幾曲，給了我一百元。」但她住得不是太近，來回打車要二十元，加上十元門票，總共得三十元。「跳的人不多啊。」她嘆口氣，「明天又要降溫了。明天我不來了，浪費我的表情。」

過了初一，舞廳男女一天比一天多了。缺錢或想多掙一點錢的舞女，不會也不敢讓自己閒得太久。團年回來，正是她們掙錢的時候，因為過年那幾天，大約初一到初八，除了跳舞漲價，包場也比平時貴。有天晚上，周眼鏡在「毒氣室」遇到跳過幾次的短髮細腰妹子，三十出頭，剛從老家回來。

這個妹子在省城跳了三年，之前做過量販ＫＴＶ的侍應，二婚，小女兒跟著前夫。現夫在省城周邊上班，她說很少碰面，不知道她在跳舞。她的父母也在省城郊區租房。她沒跟他們住一起，自己住在「羅馬」對面一條小街，單間，月租九百。雖然不像那位豐乳肥臀就住「羅馬」，也算周眼鏡的近鄰。

短髮妹子告訴周眼鏡，她這次回老家用了幾大千，發紅包，還要給父母賀歲錢。她姐姐的娃娃是雙胞胎，新年紅包她給了四百，一人兩百。不過，姐姐也給了妹妹的女兒四百塊紅包，禮尚往來，扯平了。「現在發紅包，最少要給多少？」周眼鏡問。至少得兩百，短髮妹子說，一百拿不出手。周眼鏡暗自慶幸自己單身，也沒這類應酬，不然，照規矩，過年光發紅包，他可能都會發得一貧如洗。

那晚，「毒氣室」的深水區很暗，舞曲穿插了幾首賀歲歌，恭喜發大財之類。周眼鏡看到他寫過的麻子臉姆姆，她很久沒露面了。麻子臉姆姆的兩個奶子，還是垂在長袖T恤裡面，她似乎不怎麼戴胸罩，老了，也許就憑這對鬆垮垮的茄子奶或吊鐘奶掙錢。她跟一個老頭坐在角落，雞婆一樣咯咯咯，也不跳舞。她的嗓門很大，老頭該是她的熟客。周眼鏡想起去年夏天，麻子臉姆姆坐到他的身旁，一隻手放在他的大腿上摩挲兩下：「眼鏡兒，走，去耍嘛。」他沒搭話，她乾笑兩聲，起身去兜別的客人。哪天，就像去請胖姆姆跳舞，他是不是也該跟她跳兩曲？

五

又過幾天，「毒氣室」迎來新春第一波人潮，西班牙眼鏡孃孃也露面了，胸前還是擠了一對半裸大奶。周眼鏡也見到除夕跳過舞的胖姆姆。她昨天回的省城，在老家耍了四天。放鞭炮沒有？周眼鏡問。沒有，回去鞭炮都放過了，胖姆姆說。她兒子是工地上做建材採購的，比打工好些，「有點兒外水，你曉得的」。女兒在一個社區做事，「相當於公務員」。兒女在省城買的房子都是按揭(3)，每個月要還幾大千。

周眼鏡摟著胖姆姆，沒有擠進深水區的人堆。今天，還是沒有保安巡場，用手電筒警告動作太大的舞女或舞客。胖姆姆有問必答。她結婚結得早，不到六十就兒孫滿堂。這次回老家，她花了兩千多，給了舅子一千，給親戚的兩、三個娃娃發紅包，又是幾大百，打麻將也輸了一些。來回老家，兒女開車的油錢，都是她出的，他們就不用再花錢了。她女兒今天也上班了，「你今天沒上班嗎？」她問。我今天補假，周眼鏡說，一邊盯著近旁：一個大叔正把一個中年舞女的奶子掏出來，像從口袋掏出兩大坨剛買的豬肉。

「今天這裡很黑哈。」周眼鏡說。

「就是。這幾天過年。你看，今天保安都沒有在裡面穿來穿去。」胖姆姆說。

「現在有沒有在裡面搞的呢？」

「好像沒有，都不敢了。但可以打飛機。」

「妳打不打飛機呢？」周眼鏡問。

「我要打。你要不要打飛機嘛？我給你打。」

周眼鏡說他只是問問。她說她打飛機，價錢就是三、五十，過年，有的客人爽快，就給五十。

3 抵押借貸（mortgage）的粵語說法，不過現已通用於粵語區之外。

「有些男的，家裡不咋方便，或者老婆不得行了，出來想發洩一下，也很正常。」胖姆姆說：「但我打飛機喜歡打得快，不喜歡那些綿扯扯的，半天打不出來。這個地方，要是給人逮到，當著那麼多人拉出去，好丟臉嘛。」

年沒過完，情人節又到了。這天，如同舊地重遊，下午晚上，周眼鏡去的，都是大年三十去過的地方。下午，在「羅馬」對面的地下室舞廳，他沒看到三十那天讓他超越幽暗的舞女；「哪天，我們可以真刀真槍來一次」，也許，未必。但他終於見到「羅馬」鄰居豐乳肥臀，格子襯衫，深色牛仔褲，長髮似乎修剪過。她回老家耍了十多天，昨天才回來。

周眼鏡和豐乳肥臀跳了幾曲。她今天很香，不光頭髮香，脖頸也香。她告訴他，她噴的是「毒藥」。可是，和她跳舞，加之不會交誼舞，他依然覺得一陣尷尬的默然，不知道說些什麼。「妳長高了。」他說，很蠢。咋個會呢，穿的還是以前的鞋子，她笑道。她的高大和寡言，一直讓周眼鏡不自在。「羅馬」前幾天失火了，二十樓有一家人出門，結果家裡燒光了，救火的時候，電梯也進水了，他跟她八卦。不，不是她住的那幢單元樓，是他那幢單元樓。有那麼將近一曲，豐乳肥臀一邊跳舞，一邊回朋友的微信。「我跟他們說，我今晚不去吃飯了。」她說：「不，不是男的，是女的。男的女的，都不去！」

夜裡的「毒氣室」，舞女卻不太多。難道因為今天情人節？周眼鏡有些詫異。他又跟胖姆姆跳了幾曲，他們算是熟人了。原來，今天下午，「毒氣室」的深水區兩次亮燈，第一次亮了一會兒，第二次一直亮著，儘管並無警察臨檢。「晚上，女的自然就少了，曉得這麼亮，不好掙錢。」胖姆姆說：「老闆很精靈，看到人太多，害怕出事，就把燈開亮，反正門票都收了。」

胖姆姆告訴周眼鏡，這兩天，打飛機都不方便了。今天，有個客人要她打飛機，她都不敢打，因為保安捏著手電筒又在人堆裡面穿來穿去。我只跳十塊錢就是了，她跟那個要她打飛機的客人說。周眼鏡說起另一家燈光很暗的五元舞廳，她為啥不去那裡？她不願意，跳了三年多，她在「毒氣室」耍慣了，而且，她知道那一家什麼都可以做。「那裡要打炮，我年紀大了，身體要緊，萬一傳染個啥子病，多的都出來了(4)。」

4　省城話，相當於「就會惹出更多麻煩」，意為得不償失。

當然，人熟了，出去耍一下是可以的。有個老頭，有時給她兩百，不是要她打飛機，只是跳跳舞。「這裡現在只准男的摸女的，不准女的摸男的。只要女的一摸男的雞兒，保安看到就不准。」明天，她想去市中心剛開門的某家五元舞廳看看，下午在那裡，晚上再到「毒氣室」。「節日快樂哈！」胖姆姆最後說。周眼鏡怔了一下，這句話，也許他應該先說。

散場還有一個來小時，周眼鏡離開「毒氣室」。走的時候，他看到一個六、七十歲的老頭，花白頭髮，花白鬍鬚，在深水區摟著胖姆姆；「節日快樂哈！」今晚她應該掙得到上百塊。

他坐公車回了「羅馬」。下車，「羅馬」街頭已很冷清。他看到前面的人行道上一個女人的背影，很高，白色長羽絨服，腰肢下面一拐一拐。她在舞廳也這麼走路，不是太好看，也許她真的太高了。周眼鏡想起下午嗅到豐乳肥臀脖頸噴的「毒藥」，也許現在還有餘味。

「我沒認錯人吧，看妳走路的樣子？」剛進「羅馬」大門，周眼鏡在她身後說。她回頭，算招呼。「一看就曉得是我吧，還要看走路的樣子？」他倆分別走向不同的單元樓時，她在周眼鏡的身後說，半是打趣，半是隱隱有些不忿：居然認不出老娘。

周眼鏡坐電梯回了住處。他這個單元樓的兩台電梯，前幾天救火進水，只有一台可用。

二〇一九年二月中旬寫於洞洞與「羅馬」

跟舞廳的孃孃們聊天

「好嘛，我就給你講講你以後是什麼樣子吧。」小個子孃孃說，像是現場心理輔導，又像母親開導青春期的兒子。

一

有晚，在「毒氣室」，周眼鏡跟張哥抱過的女人跳了幾曲。去年初秋，在另一家五元小舞廳，她陪七十來歲的張哥坐了十多分鐘（他讓她叫他張哥）。當時，周眼鏡也在一旁，看著喝了酒的張哥摟著她上下其手。女人三十多歲，豐滿和母性兼有，長相該是西方人喜歡的東方女人，五官開闊，嘴唇很厚，臉上要是有幾粒雀斑，就更性感了。

周眼鏡和張哥抱過的女人邊跳邊聊。她很健談，他也發覺去年小看她了。她說有些男的就像沒見過女人，身上又臭，菸臭，汗臭，看到女人，口水都要流出來了。碰到這種人放肆，她都用手捂緊胸口。「摸一下，不是說不可以，但那種很過分的，一上來就使勁亂摸，我就說，你揉麵粉坨坨嗦？換成我一上來就這樣摸你，你高不高興嘛？說得那些男的都不好意思了。」

周眼鏡跟張哥抱過的女人第二次跳舞，她告訴他，跟男人開房，她會開玩笑，我最敏感的部位是腳趾頭和腋窩，我不洗了哈。有的男人會說，他就喜歡那個新鮮味道。「咋個會不洗呢，洗一下也是尊重對方嘛。」她笑道。

很久不做愛的男人，身上有股很難聞的臭味，她說，很多老頭口臭，她也聞得出男人身上有沒有別的女人的味道。「你剛才有沒有跟別的女的親過？」她聞聞周眼鏡的脖頸。「你身上有別的女人的味道。你要是我的男人，每天回家，我肯定要從上到下先把你聞一遍。」

後來，在一家殘舊的地下室舞廳，周眼鏡遇到一個四十左右的舞女，暗紅長裙，很豐滿，五官也很開闊。這個地方，今年過完年他第一次來，來了卻很喜歡，不單因為殘舊，也因格局擺設不太像舞廳，更像本省的鄉場茶館(1)兼麻將館。十元門票很實在，還送一杯茶。茶客、賭客兼舞客，多為六、七十歲的老頭，有的也不怎麼跳舞，就來呆坐，傻看，甚至打個盹。茶桌，是老式的木頭矮方桌或矮條桌，濺出來的茶水和菸霧，把桌子燻染成了深褐色，桌面因為潮濕東一塊、西一塊剝落。幾根柱子和幾半堵牆包著暗金纖維布，時間一長積了灰塵。昏沉的光線下，周眼鏡好像身在山大王的巢穴。

這裡的深水區很黑，根本沒地方跳交誼舞，因為舞池不大，邊上胡亂擺著茶桌椅子，坐滿站滿男男女女。舞池可以隨意進出，沒有如臨大敵的保安攔著周眼鏡，他可以湊到貼在一起的男女身旁，睜大眼睛審視那片混沌，或跟站著等客的舞女聊幾句，要麼偷聽幾個舞女或幾個看客閒聊。伴舞的音樂，放得也很小聲，外面根本聽不到。周眼鏡第一次來，站在地下室門口買票，裡面什麼動靜也沒有，他甚至懷疑這裡是不是舞廳。

那晚，暗紅長裙對周眼鏡很有好感。他倆剛抱在一起，她就說，抱著他很舒服，因為她覺得自己太胖，要是他倆對調一下，她把自己身上的那些肉給他，多好。「我們幾個女娃兒經常說，抱著帥哥都舒服得多。平時跳舞，我愛繃起一張臉，跟你跳，龍門陣也擺得開心。」她說。抱著妳也很舒服，周眼鏡說，不是恭維。她的厚實，腰背、臀部，讓他覺得穩當，甚至安心。

周眼鏡和她聊起女人最關心的話題：體重。她以前很苗條。兩、三年前，從老家來省城，大家說她身材好，儘管人有點瘦，做愛抱在一起都會磕骨頭。但是她的乳房大。「波霸。」她說，稍稍拉開暗紅長裙的寬鬆領口，讓他看，讓他摸。現在胖了，一百三十五斤。那妳咋個胖的，周眼鏡問。「有個女的跟我住在一起，有一陣天天炒回鍋肉，我就使勁吃，每次一大碗，吃胖的。但我乳房和屁股上的肉，還是緊繃繃的，就是有點肚子。」她說，好在以前生完娃娃，收腹收得好，也沒變成花肚皮。

周眼鏡想起張哥抱過的女人說，很多老頭口臭，他也想起前一陣，一個短髮細腰的妹子跟他說，很多大爺有老人味。

「跟妳跳舞的那些大爺，是不是都有老人味？」他問。

1 開在鄉鎮上的茶館，四川鄉鎮從前尤多趕場（也就是趕集），所以，隔三岔五有熱鬧集市的鄉鎮，又可叫作鄉場。

「有些大爺是有一股特別的味道。」她說。

「啥子味道？霉臭？」

「哈哈，就是。」她笑了。「好像就是這種味道。當然，有些大爺比較講究的，要好一些，但還是有股味道。」她隨即說起她媽，不光男人老了有股味道，女人也是。她媽，年輕的時候算很漂亮了，但她老了，她們姐妹幾個都不去睡她的床。

「但妳還是得掙這些大爺的錢啊，要不然，他們的退休金咋個花得完？」周眼鏡笑道。

「對，老年人的錢還是要掙的，我還是要哄他們，要靠他們嘛。」

二

周眼鏡也不喜歡老人味，雖然很快他也會老，再怎麼洗，再怎麼收拾，恐怕都去不掉那股隱隱的霉臭，衰敗與死亡的氣息，讓別人厭惡，也讓自己厭惡；他想起來就很沮喪。跟年紀稍大的舞女跳舞，譬如除夕在「毒氣室」跟有個將近六十的胖姆姆跳，他也儘量跟她保持距離，不去留意她的眼袋和肌肉鬆弛的脖頸，儘管兩人摟在一起，儘管胖姆姆的半邊臉貼著他的半邊臉。

更令他不安的是，有個下午，在一家也是老頭居多、水泄不通的地下室舞廳，一個三十出頭的舞女告訴他：「今天這裡只有你最年輕，跳舞的時候，只有你硬得起來。」周眼鏡和舞女什麼也沒做，這番話卻讓他想了又想：總有一天，即使是在老頭居多的舞廳，他也不會再有那麼年輕或貌似年輕，他也會像他們一樣疲軟。

也是這家地下室舞廳，有晚，周眼鏡跟一位小個子孃孃跳。她四十好幾，穿了一條淡紅長裙。周眼鏡常在「毒氣室」看到小個子孃孃跟客人跳交誼舞。他留意她，是有次見到她給鄰桌比她年輕的客人按摩。她的手法熟練認真，頭部、頸部、肩膀、兩手、腰背，她足足按了敲了扯了大約二十分鐘。那個客人，就像沒有脊梁骨的癩皮狗，癱坐椅上，閉著眼睛享受。

這次，周眼鏡在深水區摟著小個子孃孃，她也給他按了扯了幾下臂膀。「好舒服！妳真會按！」周眼鏡說。她的淡紅長裙有些油膩，是不是很久沒洗？她說話有一股淡淡的口氣，是不是吃了辛辣內熱？但是，她的身段嬌小，人也歡快有趣。

「男的一收下腹，就是想讓女的拉開褲子拉鏈。但是，你不像是要在這裡搞的人，只是出來找點刺激。」她說，捏著它，不是打手槍，而是給它按摩；她的指頭很巧，很溫柔。她隨即誇他沒有肚子，不像有些老頭，下半身還沒貼住妳，肚皮那尊泡菜罈子就先上來了。一聽老頭，周眼鏡來勁了，讓她聊聊老頭，她的見識肯定多，她可不可以講來聽聽。

「好嘛，我就給你講講你以後是什麼樣子吧。」小個子孃孃說，像是現場心理輔導，又像母親開導青春期的兒子。「要看人，也要看身體素質，有些男的六十多，還不如七老八十的。他們也會硬，但不像年輕一點的，不像你，沒有愛情之水流出來。」

「愛情之水？」

「對，不是射精，就是你那裡興奮的時候流出來的液體。那些老頭，他們來舞廳，就是跟女人抱一下，想找一點年輕時候的感覺。」

「老頭會射麼？射了會怎麼樣？」

「有個七十多歲的老頭跟我講，射了之後，好幾天他都腳軟，爬樓梯使不上勁，腦殼也像不好用似的。」小個子孃孃告訴周眼鏡：「但是，這些大爺，一個月幾千塊錢，不來舞廳，咋個用得脫嘛(2)。」

老頭的確也要看人。去舞廳的有些老頭，也許再沒愛情之水流出來，不能射精，他們的欲望卻一樣強烈，甚至令人畏懼。在山大王的巢穴，也就是十元門票奉送一杯茶的那家舞廳，有個三十多歲的短髮舞女告訴周眼鏡，她塗很濃的口紅，她的內褲墊了衛生巾，假裝大姨媽來了，都是防備那些壞老頭。她覺得他們很煩，很粗暴：「不懂憐香惜玉，使勁抓，使勁摳，還想親妳，很變態。剛才，有個老頭想跟我日，他說他給錢，我說給錢我也不願意。對，我是需要錢，但也不是啥子都做。你給我錢，喊我去舔屄，我舔不舔嘛？」

她說，年輕一點的男人反而比較溫柔，不像那些老頭，家裡做不成了，只有出來。年輕的，這頓吃不成，誒，回去還有吃的嘛。「如果對方是個帥哥，一起去開房，洗乾淨了，讓我舔遍他的全身，我都願意。還有，男女這個事情，我們一般都說做愛嘛，他們就喜歡說日批(3)。」她一邊說，一邊給周眼鏡看那個老頭把她的乳房掐出的血痕。

2 怎麼用得出去嘛。
3 省城人把「屄」讀為「批」。

昏暗中，他只看到白色的乳房上方一條細細的暗痕。

「今天，這裡還有一個老頭跟女的跳，也想日。那個女的不願意，老頭就不給錢，他說一曲還沒完，給啥子錢，還打舞女，把她的嘴巴都打流血了。再過二、三十年，說不定你也是這個樣子。不過，也要看人，有的人修養好一些，老了不會那樣。你可能也不會。」

周眼鏡想，等到哪天，他也成了沒有愛情之水流出來的老頭，射一次精等於要了他的老命，他不知道自己會不會也對女人這樣粗暴。也許不會。但他不敢高估自己。

三

把做愛說成日批，不是只有老頭。情人節翌日，在一家很黑的五元舞廳，周眼鏡遇到一個四十來歲的孃孃，長得不難看，也很嬌小歡快，但比那位小個子孃孃更主動。她的腳步輕快，就像上了發條和彈簧，公關經理一樣滿場飛，挺著胸脯四處兜客。她把周眼鏡帶到深水區的盡頭，立刻撩起自己的薄毛衣和胸罩，拉下短裙裡面的內褲。

她的上身和雙乳，黏糊糊，都是汗；她的汗，或許還有哪個老頭的手汗。她說話也有一股口氣：「你的毛還沒我的毛多。」幾次，她親完周眼鏡的脖子又想跟他親嘴，他都避開了。

她要周眼鏡跟她日批，「我只收你三十塊錢」；她想周眼鏡把他的水給她，當然是裝在套子裡給她。小帥哥，她這麼叫著，也許燈光太暗，也許故意調侃不再年輕的周眼鏡。他說他不在裡面做這個。她讓他不要擔心，裡面安全得很，大家都在這裡搞。周眼鏡還是不願意，她於是問他：「昨天晚上日批沒有？好多錢？」「日了。」周眼鏡撒謊道，想起昨天是情人節，正好有了藉口。你今天日了幾個？他問。一個也沒有日，我不跟老頭日，她說。周眼鏡突然有點心疼這個孃孃，如果她沒撒謊。在這個幾乎都是老頭的場子，她掙老頭的錢，但不跟老頭日，或不喜歡跟老頭日；好不容易，她遇到一個「小帥哥」，他又不願意日。

周眼鏡後來想，多數老頭喜歡年輕一點的舞女，至少也得中年女人。可是，不要說老頭，他自己不也這樣。跟「毒氣室」那個年紀較大的胖姆姆跳舞，他難道不是始終都很有禮，彷彿居高臨下照顧她的生意，順帶跟她聊聊天，動機並不高尚，像是利用人家。反過來說，不少舞女，就像不跟老頭日的那個孃孃，就像要哄老頭靠著他們掙錢的暗紅長裙，她們不喜歡或討厭老頭，又離不開老頭，她們比他更沒有選擇。

也是很黑的一家遠郊舞廳，周眼鏡還遇到一個舞女，說她想日批。她跟他搭話，但她不是非得把你拽進舞池的那類拉客舞女，而是巧妙誇他，說她想跟他跳。這個三十多歲的舞女，也把周眼鏡帶進深水區的盡頭。「周圍都是日批的。」她告訴他，掰開下面讓他摸她。他什麼也看不見，只覺得靠牆都是人，身旁也是人。但他還是說，他不在裡面做這個。她有些失望，嗔怪他壞，逗得她想日，剛才有個矮老頭找她跳交誼舞，她都拒絕了。那個老頭太醜了，她說，她跟他跳過一、兩次，他老說自己開啥子小超市，她不感興趣。「但他人還不討厭，他跟我說，就像求我，跳幾曲算幾曲嘛。」男的長得帥又有氣質的很少，百分之九十的男人都醜，她感嘆道，就算這裡的女人，走出去，百分之九十，也醜。

但是，周眼鏡去舞廳，尤其五元舞廳，不是要找美女或女神，也不喜歡太年輕的舞女，她們通常乏味，仗著自己的顏值和身體，也更貪婪。有個下午，在趕集一樣的山大王巢穴，周眼鏡坐在靠牆的破舊卡座上。周圍都是人。一個五十來歲的胖姆姆，跟一個六十多歲的男人坐在一起。男人濃眉大眼，鼻梁也挺，花白頭髮稀疏凌亂，像個落魄商人，年輕時應該很帥。她則白淨富態，穿得體面整潔，至少以她的年紀和品味。周眼鏡覺得胖姆姆不時偷偷看他。過了好一陣，他去舞池邊逛了幾圈，還跟兩個舞女跳了幾曲回來，胖姆姆和男人也起身了。男人跟著另一個舞女走去舞池，人概後者也是他跳熟的女人。胖姆姆走到站在一旁的周眼鏡面前，跟他搭話。

她說男人是她的老熟人，陪他坐了半天，他終於自己去跳了。然後，胖姆姆直截了當：「你好帥哦，一看到你就有食欲，就想把你吃了。我剛才觀察你好久了。」她叫周眼鏡去跳兩曲。走進舞池，她說她是省城近郊人，平時都在另一家五元舞廳，今天是那個老熟人喊過來的。這人很不錯，一般包場就兩百，但他每次給她三、四百，一個月要照顧她五、六次。周眼鏡將信將疑，她說他們關係不一樣，以前有過幾手，她對他也有食欲，現在沒有食欲了，就是聊聊天跳跳舞。「他喜歡大屁股，不喜歡胸，我的屁股大，肉也緊。」胖姆姆說，摸了一下周眼鏡的褲襠，見沒反應，很快把手收了回去。

「你剛才跳了幾個？」胖姆姆問。

周眼鏡說他跳了兩個。

「有沒有砂爆(4)？」

沒有，哪有那麼容易，他笑了，告訴她，剛才有個女的跟他說：「打一炮嘛。」他沒答應。

「就是，不要打炮，在裡面打炮，又不乾淨又失格。要打炮的話，去開個房，洗乾淨，慢慢耍，舒舒服服的，哪裡不好嘛。」胖姆姆像個體貼的大姐姐，又摸一下周眼鏡的褲襠，還是沒反應。她繼續說起她的老熟人，他不像其他客人，包場就想把妳獨占，因為他自己也會去找別的舞女跳跳舞。「所以，看到他去跳，我也會去再哈幾坨(5)。」

「你的身上摸起來好舒服哦。」她摸著捏著他的腰和背，像在掂量什麼，他有些尷尬。「你出來耍，不怕家裡曉得？」胖姆姆問。周眼鏡說他不怕，家裡他照顧得很好。「對，就要這個樣子，都弄巴適。外面彩旗飄飄，家裡紅旗不倒！」她讚許道。

想著省錢，周眼鏡只跟胖姆姆跳了兩曲，十元。但她跟他道謝，也許她真的很滿足，不僅哈了周眼鏡這一坨，還可感受一下不那麼老的男人；不是小鮮肉，但比她的老熟人至少年輕一些；或許那個老熟人，當年也是現在的周眼鏡。

胖姆姆的老熟人跟別的舞女跳完舞，坐回她的身旁繼續聊天。周眼鏡去舞池周圍又晃幾圈，回到座位旁，胖姆姆對周眼鏡擠了擠一隻眼睛。過了大約半個小時，男人終於走了，或者，用舞廳老司機的話，把她放生了。

「他走了。」她對周眼鏡說，整整衣衫，似乎鬆了一口氣。「我再去哈兩坨。」

四

胖姆姆覺得深水區打炮又不乾淨又失格，周眼鏡也這麼想。但他不會瞧不起誘人失格的那些舞女。他沒資格小看她們，也沒資格評判她們。他不在那裡打炮、日批、做愛，不是完全不想，只是不喜歡那樣兵荒馬亂地苟合，害怕染病，擔心當場被人捉住。他不願意把自己的生活弄得更狼狽，尤其在這個國家，在這個年代。

4 舞廳用語，就是跳舞時舞女用身體隔著衣服摩擦陰莖讓男性射精。

5 哈是省城話，就是撈、扒或刨。

他還記得年後去過幾次的那家五元小舞廳，也就是七十多歲的張哥抱過女人的地方。那裡的夜場，人比多數舞廳都少，男男女女加起來，通常不超過二、三十。常在那裡的幾個舞女，也是四十到五十的孃孃或姆姆，不怎麼跳舞，就把客人帶進深水區的角落吹拉彈唱。

坐在舞池邊的長沙發上，或是偶爾摟著一個舞女走進深水區，周眼鏡看過幽暗中蹲著的孃孃給站著的小個子男人吹簫，也看過姆姆撅起的大屁股，裹著秋褲一樣的厚褲襪，模糊一團，他起初還以為是哪個豬頭男的浮腫胖臉。「日好簡單嘛，弓起就日了(6)。」這裡有個舞女有次跟他這麼講。這些舞女，讓他想起梵谷畫過的妓女，年老色衰，再不賣，就賣不出去了。

年後有晚，周眼鏡跟這裡兩個拉客的姆姆聊了幾句。人太少了，好多女的回老家過年還沒回來，一個五十出頭的瘦高姆姆說。她有點駝背，聲音蒼老，身上一股廉價化妝品和廉價香水的味道，有些刺鼻。她是省城近郊人，就在這家舞廳附近租房，跟一個也在這裡兜客的矮胖姆姆合住。

瘦高姆姆坐到周眼鏡身旁，告訴他可以去她住處，還可以在她的住處雙飛，三個人一起耍，很划算，一人一百塊，還有空調。「洗乾淨了，前後都給你吹。雙飛要刺激一些。有些人耍慣雙飛，還不想耍一個呢。」

「今天掙了多少？有沒有兩百？」周眼鏡問。

「才一百多。」一瘦高姆姆說，不太滿意。

「多的時候呢？」

「多的時候有四百多。但是人一多，競爭也就多了。平時，一天可以掙到兩百左右。」

她這個收入，當然不是單靠跳舞。她在這個場子吹拉彈唱，均價五十一客。每天掙兩百多，她起碼要把四個客人拉進深水區的角落。

過了一會兒，另一個姆姆坐到周眼鏡的身旁。「你好像那個唱歌的哦。」她說起某某歌星，可他根本不知道那個歌星是誰。這個姆姆不喜歡把客人帶回住處，她就在這裡做。「把男的帶回去，好煩嘛。」她說。

6 弓是省城話，讀作jiong，平聲，意思如字面。

很快，瘦高姆姆有了業務。一個中年男進來，中等個子，有些發福，坐在正對交誼舞池的椅子上，也不跳舞。一個大奶姆姆湊近，跟他講著什麼。瘦高姆姆也走過去，俯身跟中年男耳語幾句。隨後，進來還不到一刻鐘，中年男起身離去，兩個姆姆則走到廁所門旁的寄存櫃牆角。周眼鏡遠遠瞄到她們在換衣服，大奶姆姆上身脫得只剩黑胸罩。換好衣服，兩個姆姆也分別走出舞廳。雙飛，肯定是回住處，跟那個中年男，周眼鏡想。她們走後，說他像歌星的姆姆又踱過來了，周眼鏡跟她八卦，姆姆笑他啥子都曉得，她告訴他：「她們要去做大生意了。」

周眼鏡一直記著那個會按摩的小個子孃孃，她的歡快，她的手指，還有她給他講老頭時說的那句話：「好嘛，我就給你講講你以後是什麼樣子吧。」上次，她比他先走，見他坐在這邊，穿過交誼舞池，小跑過來張開雙臂跟他道別。他倆輕輕擁抱，像有些歐洲人那樣碰了碰左右臉頰。她還嘟起嘴唇，對他做出吻別狀，幸好沒湊近，不然，他肯定聞到那晚她的淡淡口氣。

過了一個多星期，周眼鏡在「毒氣室」第二次見到小個子孃孃，那裡是她的大本營。她的眼睛很尖，這天晚上，遠遠看到周眼鏡，她還是從交誼舞池對面，來到他的面前，不是穿過來，而是繞過來。她換了一件藍色的連衣裙，還是很長，但是摸起來不覺得油膩。她的語氣還是很歡快，跟她說話，也聞不到她的口氣了。

周眼鏡和小個子孃孃走進交誼舞池後面的砂舞池。他說他知道她在這裡不怎麼跳砂舞，只可惜他跳不來舞。她說沒得關係，要看人，她有時候也跟客人跳跳砂舞。當然，她不太喜歡跳砂舞：「有些人又摸又摳，煩得很！」剛才，她跟一個老頭跳了一個小時的交誼舞。周眼鏡問她累不累。不累，那個老頭跳舞不會穿花，人也很好，跳起來很輕鬆，她掙了一百塊。

「妳最近沒去那家了？」周眼鏡說起他倆上次跳過的那家地下室舞廳。

「沒有去，都在這裡。」她把嘴巴湊到周眼鏡的耳邊，像在告白。「我跟你說實話，我那幾天在那裡耍，陰蒂被人摸得磨破了一點皮，所以就回來這裡調養，只跳交誼舞。」

「……」

「因為我的陰蒂長得跟很多人不一樣，沒有包起來，是露在外頭的，很容易就會磨破。」

「現在好了嗎？」

「好了。」

「那些人太粗魯了！」

「也不能這樣說。可以理解。而且，也不能怪人家，是我的陰蒂長得不好。」

「那妳以後應該把它包起來。」

「哈哈哈。對，乾脆做個套子，把它套起來。」

二〇一九年三月上旬寫於「羅馬」

跟舞廳的孃孃們繼續聊天

「踩到精子，總比踩到口香糖好。」周眼鏡說。他在好幾家舞廳踩到過口香糖，黏在鞋底，比精子還讓他厭煩。

一

在山大王的巢穴，也就是那家殘舊的地下室舞廳，有個午後，周眼鏡和回鍋肉吃胖的暗紅長裙鑽到深水區的牆邊。這是打飛機和打炮的地方。人多，他倆進去不是打炮，也沒想過要打飛機，儘管周眼鏡很願意暗紅長裙給他打飛機，儘管她也願意，一邊撫弄它，恭維它，一邊問他，像在試探：「你要是遇到喜歡的人，想不想把她打來吃起？」

頭頂的花燈很快亮了，打飛機也不是時候。亮燈，未必是害怕警察（有天下午遇到檢查，舞廳用廣播提前通知，叫大家不要慌張，只是例行檢查），而是害怕小偷。這幾天，場內廣播不時提醒各位小心，有次還怒氣沖沖：「給你們講了好多回了哈，自己掉了東西背時(1)！」年剛過完，帝都要開兩會，省城不少舞廳又關門了，小偷看到這家人多，肯定也想來碰碰運氣。有天，一個大爺懷疑跟他跳舞的孃孃偷他錢包，把孃孃拉到更衣室審問。周眼鏡也擠到門口圍觀。是個四十左右的農村婦女，臉漲得通紅，把衣服撩起一半，表示自己沒偷。「他摸她的奶奶，她就摸他的錢包。」有個老頭說。過了一陣，大爺在自己身上找到錢包。

「腳下是滑的，地上都是精子。」暗紅長裙告訴周眼鏡。當然不是他的精子，而是哪位大叔或大爺的精子，也許還是好幾個人的精子。「踩到精子，總比踩到口香糖好。」周眼鏡說。他在好幾家舞廳踩到過口香糖，黏在鞋底，比精子還讓他厭煩。

然而，山大王的巢穴讓周眼鏡覺得，及時行樂沒什麼不好，也沒什麼不道德。這裡多是老人，哪天，或者剛從這裡回家，這些老頭說不定就掛了。要是在這之前，能用些許金錢買到短暫快樂，他們也算幸福，且把自己的錢花到正路上，因為比他們年輕一點的女人，或許也更不幸，更需要錢。周眼鏡沒他們老，但總預感，在一個缺少真正自由的國度，自己又是這個社會的敵人，他將來還不如這些老頭，極有可能死得很慘。他真的不想活到他們那個歲數。趁著還有精力，他要盡可能該做什麼就做什麼。

周眼鏡還記得那天下午那個老頭。當時，他坐在茶座喝茶，看到舞池的燈突然亮了，以為又有警察臨檢。結果不是，一位大爺暈倒在舞池。保安把大爺扶到通風的地方坐下。周眼鏡走過去看。大爺很乾瘦，臉色灰白，歪著腦袋癱在椅子上。「你有好多歲？」一個六十來歲的大叔問他。大爺說不出話，只用手指比劃兩下。有人猜他該有九十了。「七十五。」大家都不信，因為看起來像八十多，甚至九十。然而人人都很興奮，甚至開心。「大爺高興過頭了。」有人說。大爺穿得還算乾淨體面，褲子像是出門前新換的，很筆挺，就是褲襠拉鏈沒拉好，該是暈倒後沒人給他拉上。

大爺暈倒前，周眼鏡還遇到一樁趣事。一個三十來歲的十元舞女，跑來山大王的巢穴跳五元一曲。「那邊，這幾天警察來得太勤，一天要來好幾次。」她說，不少舞

1 背時是省城話，就是活該。

女跑去別處掙錢了。她跟這裡的孃孃姆姆不太一樣，臉上明顯光生，雖然穿了兩側有條紋的寬鬆褲子，整個裝束洋氣得多，一看就不是來掙糟老頭的錢。「那邊怎麼回事？」周眼鏡問，他還是年前去過那裡。原來，也是一個老頭，在那邊叫了兩名啞女開房，給錢時，大家爭執起來，可能溝通有誤，啞女叫價一人一千，老頭最後一人五百。啞女氣不過，也不簡單，喊了一幫年輕人，把老頭暴打一頓。「啞巴很壞的，報復心很重。」她說。

「那邊好掙錢吧？」周眼鏡明知故問。好掙，多的時候，她一天可掙七百。那個場子，美女太多了，每天都有上千男女，她說，望著周圍的大叔大爺和孃孃姆姆，眼神語氣有著隱隱的高傲和不屑。在舞女的鄙視鏈中，她肯定看不起山大王的巢穴，不單五元一曲，而且「都是大爺和大娘」。

「不好意思，只能給妳這些。」兩曲之後，周眼鏡掏出一張十元鈔票，就像虧欠什麼。還好，她沒像有些十元舞女，到了五元舞廳還得十元一曲，她知道在這裡叫價行不通。

二

三八婦女節前夜，在另一家地下室舞廳，周眼鏡又見到除夕讓他超越幽暗的那個舞女。她還是坐在原來的位置，進門靠牆的那排吧凳。一開始，他不確定是她，只覺有些面熟，又不敢直接問她。他倆對視一下，她沒出聲，也沒微笑。過了一會兒，周眼鏡走回去：「我們是不是跳過？」「我們跳過，很久以前了。」她說，既不熱情，也不不熱情。

然而，剛一走進深水區，她就開始親他，嘴，脖子。「我們是不是很像情侶久別重逢？」她說。她還是穿著薄毛衣和長褲，長褲裡面還是褲襪，一層又一層。「留給最心愛的。」她說。他依然讓她很衝動，她的衝動也依然令他衝動。不像上一次，她沒拉開他的褲鏈，只把自己紮進長褲的薄毛衣扯出來，讓他摸她。「我平時都是穿得紮起的，不是隨便哪個就可以摸的。」今天下午，她告訴他，這裡抓了一個人走，是個老頭，在深水區，褲子脫了一半，抓的現行。他躺在地上不走，後來是被銬起走的。

「難怪今晚人不是太多。」周眼鏡說。

「你一進來我就認出你了。」她說。

「那我看著妳，妳怎麼沒反應？」

「我不想讓人覺得我很主動。」

他們繼續親嘴，有那麼幾下，她把一條腿抬高，跨在周眼鏡的腰上，就像角色對換，就像公狗立刻要上他。「我不想你再去抱別的女人。」她說，摟著他不放，再跳幾曲。從來沒有舞女這麼跟他講過，即使逢場作戲。「其他人抱起來是木的，抱到你才有感覺。」她說，他也不曉得這話是真是假，但他願意相信。「你的女兒呢？」他問。「在上學，就在這裡。」她說。她是嫁到省城來的，以前是小學教師，離婚時，女兒跟了前夫，她則氣昏頭，辭去教職，東一下西一下，最後進了舞廳，除了極個別的閨密，親朋好友都不知道她在跳舞。「我現在的職業，是在侮辱我以前的職業。我以前的老公，也跟你一樣斯文。」她說。周眼鏡突然很沮喪很壓抑，他幫不了她，她也幫不了他。

「走，我們去你車上耍哈。」她說。「我沒開車。」周眼鏡撒謊道。他有些慌亂，不知道繼續下去怎麼應對。「哪天，我們可以真刀真槍來一次。」他還記得除夕她說的話，他們真刀真槍來一次，應該會很美好，除了錢這個環節。他倆沒跳太久，他說他去前面接著喝茶，她則回到她的老位置。

走前，周眼鏡看到她跟一個大叔在跳交誼舞，一板一眼；她的手機，就跟多數交誼舞女一樣，插在屁股一側的褲兜裡，她的身段很纖巧。跳完，她和大叔坐到周眼鏡身後靠牆的沙發上。他偷偷回看，她和大叔在說話，還用一隻手摸了一下大叔的臉。周眼鏡一點也不嫉妒，他不是第一次來這樣的地方，這是她的職業，是她謀生的必需。

三八婦女節那天中午，周眼鏡回到山大王的巢穴，他最喜歡的地方。不到兩點，茶座和舞池已是滿滿的。舞池前面一個角落，正對中央空調的送風口，空氣雖不流通，但很暖和。靠牆和胡亂擺放的椅子，坐滿舞女和七老八十，有的昏昏欲睡。一個姆姆頭靠牆，估計吃了午飯犯睏，睡著了。周眼鏡覺得這個角落可以叫作敬老角。有天下午，他在敬老角看到一個四十好幾的孃孃坐在一個八十左右的大爺膝上。孃孃背對大爺，大爺隔著衣服，一會兒用手揉幾下她的乳房，一會兒伸進她的短裙內摸索。孃孃若無其事，東看西看，就像暗紅長裙給周眼鏡說的，她們要靠老年人，要哄他們。

他先在茶座喝了一會兒茶，用手機讀了幾頁歐威爾的《巴黎倫敦落拓記》（*Down*

and Out in Paris and London）。這本書，他好幾年前讀過。坐在山大王的巢穴重讀，周眼鏡特別有感覺，對書，也對周遭的一切。歐威爾年輕那陣在巴黎住過的廉價旅館，有很多古怪人物，「貧窮把他們從日常的行為規範之中解放出來，如同金錢把人從工作之中解放出來。」周眼鏡覺得，舞廳，尤其是廉價的舞廳，也有類似效果，儘管未必是貧窮，而是欲望，不論情欲、錢欲還是生存欲，把舞廳男女從日常的行為規範之中解放出來，哪怕只是暫時。

他和一個長髮長裙身段修長的妹子跳了幾曲。這個妹子，算是這裡比較年輕的舞女，還不到三十，嘴唇厚得翹得性感，眉眼有特別的狐媚。他在「毒氣室」見過她，然而「毒氣室」這一陣關門，她就下午跑來這裡，晚上又去別處。前幾天，他倆第一次跳，她問他，三八婦女節，男人是不是也要放假？他說男人不放假。「我以為男人也要放假，讓他們回家陪老婆。」她說。「妳放不放假？」他問。「我不放，舞廳關門了我就放假。」她說。她不打麻將，也不抽菸喝酒，就喜歡買衣服。她告訴他，有天在這裡跳舞，跳到一半，昏黑中，她的腳上一陣濕熱，原來是一旁誰的精液射到或滴到她的腳上。幸好沒弄到妳的衣服上，周眼鏡說。弄到衣服上也不怕，我這一身都是工作服，她說。

「這幾天到處都關門，今晚妳去哪兒跳呢？」周眼鏡問。

「還沒想好。」她隨即說了一家小舞廳的名字，她住的地方距那裡近。

「這個兩會真的好煩哈。」

「他們開兩會，我們也開兩會，小弟弟和小妹妹開會。」她說，抱緊他，貼緊他，不停搖擺摩擦，不時把翹得性感的厚嘴唇貼上他的薄嘴唇，他則不時咬著她的厚嘴唇。「你為啥子那麼騷？我的下面都出水了。」她說。他把手伸到她的下面，她沒撒謊。「我的手是乾淨的。」他說。「妳今天親了幾個？」他故意問。「只跟你親過。我不跟老爺爺親。」她說。

跳多兩次，周眼鏡察覺，她跳舞時，喜歡在他耳旁哼哼唧唧，又像低聲呻吟，又像他在印度旅行時聽到的西藏難民，一邊走路一邊喃喃念經。

三

人太多了。周眼鏡回到座位。他這個卡座，還有一個七十來歲的清瘦大爺，摟著一個四十多歲的普通話孃孃，兩人手拉手。不像其他包場的老頭，這個大爺雖然貌不驚人，談吐卻不鄙俗。斷斷續續，周眼鏡聽到他在講李白的楊貴妃詩，還有毛主席說的什麼大道理，素描，冷色和熱色。「從我們繪畫的角度看，遠視……」孃孃附和著，像個尊師和敬老的大齡女生，不時用桌上的塑膠開水瓶續著茶水。花錢請來一個認真的聽眾，大爺已在山大王的巢穴菸霧瀰漫的上空神遊。他講起陰陽五行，給她背了自己寫的幾句古詩，說高興了，使勁摟一把孃孃。他倆，就像一對忘年知己。

周眼鏡繼續走進舞池邊的人堆圍觀。突然，敬老角前方有人爭吵。一個四十多歲的舞女，農村婦女模樣，拉著一個腦袋禿得七零八落的老頭不放。啥子事情？咋個回事？大家七嘴八舌圍過去。老頭跟她跳，摸了她，都摸了，卻不給錢。孃孃很氣憤，老頭很凶惡。

「你龜兒批婆娘，球莫名堂！」老頭一邊掙脫一邊罵。

一個瘦高的年輕保安過來，無濟於事，老頭就是不給錢。孃孃沒有辦法，只能過過嘴癮，隔著人群，對著走開的老頭大罵：「摸了奶奶不給錢！你狗日的，不要臉！啥子你都摸了不給錢，你的女兒以後要遭強姦……」

「今天是三八女王節。」一個乳房露出一半的孃孃跟一個大爺搭訕，像在提醒大爺，今天女王當政，哪怕不要臉的老頭摸了奶奶不給錢。

「小王，這麼多男人，這麼多老倌兒，日你媽喲，還不去掙錢！」一個姆姆在喊坐在敬老角後排打瞌睡的另一個姆姆。

周眼鏡看得眼花繚亂，今天下午的確人多。鰥寡孤獨，老弱病殘，都來了：嗓音尖細得就像還沒發育的駝背矮子。兩腳打顫、一隻手發抖的大爺，從深水區挪著步子，逃離苦海一般走出來，額頭都是汗珠。腋下拄著一根金屬拐杖的瘸子老頭，剛剛走到深水區旁，就被保安拉住，怕他進去摔倒。「你就不要進去了，免得人家笑你，到我這裡來坐嘛。」一個孃孃很好心，跟瘸子老頭說，但他就是不聽，就想湊進去看，或許還想砂幾曲。一個圓頭圓腦的小鬍子大爺，坐在過道對面的茶座第一排，歪著腦袋打盹，時不時醒一下，怔一下，然後東張西望。

「毒氣室」的西班牙眼鏡孃孃也來了，那邊十五號才開。「親愛的，抱一下嘛。」孃孃說，咧開大嘴，周眼鏡沒抱。他見到很久沒看到的麻子臉姆姆，也是「毒氣室」的常客，穿得像個怕冷的老太婆，站在舞池牆邊，跟一個乾瘦的老朽調情。後來，在同一個位置，左邊是敬老角，右邊是深水區，一個八十左右的老頭，想摸站在周眼鏡身旁一個姆姆的胸，手已伸出一半，姆姆不讓：「不給錢不能摸。」不像剛才摸了奶奶不給錢的大爺那麼兇惡，這個想摸奶奶的老頭默默走開了。

這天下午，舞池附近和茶座這邊，兩個掛在牆上的液晶螢幕，一直在播ＣＣＴＶ一套：一列要人，過家家一般，走上人民大會堂的主席台，全場代表，過家家一般，起立鼓掌，然後，一個西裝革履的要人走到講台旁，對著前方後方鞠了幾個躬，開始長篇大論。除了周眼鏡，沒有人看，或者，沒有人認真多看幾眼，大家忙著想著去開自己的兩會，或去圍觀別人的兩會：小弟弟和小妹妹的兩會。兩點過，舞池還是開了花燈，主要不是怕警察來，還是怕小偷，因為即使開了燈，客人和舞女，照樣可以擠到人堆裡或角落摸摸搞搞。廣播又再響起，要大家注意隨身物品，「掉了不負責哈」，只是，這次沒有說「掉了背時」。

在敬老角，周眼鏡最喜歡看一位中年按摩師給舞客和舞女按摩。他有些瘦小，有些禿頂，不知省內哪裡人。他的手勢，很像交響樂團的金牌指揮，或像一個胸有成竹的魔術師。他很陶醉，有時還閉著雙眼，完全超越周遭的雜亂，一隻手按著客人的腦袋或脖子，另一隻手比劃著，口裡念念有詞，不時端起一旁木桌上的茶杯喝口水。他就像高僧加持，或是氣功大師運氣，似乎比他按摩的客人還要享受。有天，周眼鏡問他，按摩一次多少錢，不貴，二十分鐘二十元。

回鍋肉吃胖的暗紅長裙站在按摩師旁，等著按摩師給一個男客按完。她跟周眼鏡點點頭，笑一笑。「等我按完了，你跟我跳哈。」她說。「多少錢？」周眼鏡問，指著按摩師。「十元。」她把手指按在嘴唇上，沒有說出聲。她享受的，看來是內部價或優惠價。

周眼鏡和暗紅長裙跳舞的時候，他問她這一陣還吃回鍋肉不？沒吃了。今天中午吃的蓮藕燉豬骨，自己做的。「但我吃啥子都會胖，喝水也會胖，吃得，睡得。餓幾天？我也餓得，試過三天沒吃東西，肚子就沒有了。但一吃東西，肚子又長回來了。」她說，摟著周眼鏡。「抱著你好舒服哦。」每次跟他跳舞，她都這麼說。周眼鏡把手放在她的屁股上，很寬大，很結實，很穩當；就像大哭大鬧的嬰兒含到奶嘴，他再度覺得安心。「你喜歡我的大屁股。」她說，嘿嘿笑了兩聲，他已熟悉她的笑聲，又像不好意思，又像樂在其中。

「妳以前做什麼？」周眼鏡問。

「在省內幾個地方開超市，開垮了。」

「超市大麼？」

「不大。但是庫房有這裡這麼大。」

「那妳以前挺不錯的。」

「是啊，也風光過。現在是窮光蛋了。」她笑道。

周眼鏡說今天天氣很好，有太陽。暗紅長裙說她剛才來舞廳的路上，看到天氣不錯，她都不想進來了：「我也想坐在外面喝茶烤太陽，就是沒人陪我。」周眼鏡忍著沒說「我陪妳」，因為，即使她願意他陪她烤太陽，他還是得給錢。不像那些老頭，他沒那麼多錢來裝大方。

「我一個人住。」暗紅長裙說，像在暗示什麼。「有時候，也覺得寂寞冷清，想有個人來陪陪我，但那些人我又不喜歡，缺愛啊，尤其是冬天，我怕冷。」

「那我哪天來陪妳。」周眼鏡半開玩笑半認真，想著自己趴在她的厚實身軀上，會是什麼感覺。

「要得。但你要是來了，晚上就不回去了哦。」她也半開玩笑半認真，伸出舌頭，跟他的舌頭糾纏幾下，就像用舌頭來跟他一言為定。

周眼鏡回到座位不久，下午場離散場只有大約半小時了。這個下午，清瘦大爺都在談詩論藝。終於，他從山大王的巢穴菸霧瀰漫的上空回到地上，對著跟他手拉手的普通話孃孃說：「走，我們再去跳一曲就走了。」

四

帝都還在開兩會。除了山大王的巢穴，周眼鏡住處周邊的大小舞廳，陸續都關了，最後，就連山大王的巢穴也大門緊鎖，小弟弟和小妹妹再也開不成自己的兩會。他決定去稍遠一些的南郊看看，順帶看看能不能遇到他的一個「老熟人」。

南郊那家舞廳，遠離市中心，周眼鏡不是經常去。一來有些遠，二來那裡的價格有點亂，有的舞女只收五元，有的舞女卻收十元。收十元的未必好過收五元的。周眼鏡在這裡遇到過三個舞女，還沒開跳就聲稱一曲十元，他都斷然不跳，儘管換成有些舞客，為了面子，或是根本不在乎一曲十元，可能一笑了之。他不願意，他覺得這樣好面子沒必要，也覺得這麼叫價有些可惡，因為這個舞廳，將近一年前，也就是他最初去的時候，多數舞女都收五元一曲。價格之所以混亂，可能是去年下半年，省城舞廳關門一、兩個月，零星開著的，包括這家，都被到處流竄的很多十元舞女抬高了價格。這次去之前，一個朋友告訴周眼鏡，這家舞廳新近規定，一曲五元，不准舞女要價十元。

周眼鏡還記得去年夏天，他在這裡跟一個恍似郭沫若的大爺聊了幾句。他倆並肩坐在舞池邊靠牆的高腳木凳上。郭沫若穿白汗衫，短褲，涼鞋，銀框眼鏡，半禿頂，七十好幾，像個退休的機關小幹部。周眼鏡跟他搭話，沒想到對方滔滔不絕，像個舞廳老憤青。你不跳？周眼鏡問。很少跳，郭沫若說，沒得意思，這些女的就跟籃球一樣，你摸一下，我摸一下，有的婆娘還汗嘰嘰的。三分鐘，五塊錢，是不貴，但一會兒就幾十塊了。有的婆娘還歐起歐起的(2)，一邊跳一邊打瞌睡。耍女人，不是在這兒，只要有錢，現在微信啥子的，好聯繫得很。對，我就住附近，平時來喝喝茶聽聽音樂，很少跳，又不是沒見過女人……

郭沫若說：「南郊的婆娘不行，舞廳裡頭還看得，走到外頭，根本不能看。這些婆娘，衣服裹得就跟花瓶一樣，緊邦邦的，生怕你摸她。你說南郊這邊有家舞廳高檔？也不行，裡面那些女的，雖然好多都是一米七，但是瘦筋筋的，還裝瘋迷竅的(3)。西門的舞廳好，我去耍過幾回，人家那兒的，衣服都裝得很講究，感覺很高級……」

好一陣子沒來，南郊這家果然開著，儘管場內亮得讓他不舒服。八點，夜場開始。周眼鏡去舞池邊站著的舞女前面走了兩圈，沒敢隨便請哪個舞女跳舞。他還是覺得不實在，去慣了五元舞廳，十元一曲，對他來說太貴了。坐在去年他跟郭沫若閒聊的地方，他問一位大叔，看起來像這裡的常客：「現在是十元一曲，還是五元一曲？」

「五元一曲。要是哪個女的收你十元一曲，你給保安講，保安會把她趕出去。」

2 省城話，就是擺譜。
3 省城話，就是裝模作樣。

大叔說。

周眼鏡的運氣不錯。快到八點半，他等到了他的「老熟人」。一個三十多歲的女人，長相秀氣，個子不高，苗條，頭髮垂到後背，穿了一件不太低胸的碎花連衣裙，從他面前走過。他們都認出對方。「跳舞！」她淡淡笑道，依然那麼鎮定。

他還是年前見過她。她跟他跳舞，至今也就五、六次，始終都是五元一曲，她也從不多收。有次，他請她跳舞，舞曲都快完了，她還主動說：「這曲不算。」上次見到，正好快過年了。她說過幾天回老家，看兒子和父母，要幾天就回來。她的兒子快十歲了，跟著她。她來省城也好幾年了，之前在皮鞋廠打工。

「妳為啥不把兒子接來省城耍？」周眼鏡上次問她。

「還是家裡好耍些。」

「兒子曉得妳在跳舞嗎？」他故意問。

「你說話真是木腦殼。你會跟你老婆孩子說你來過舞廳嗎？」

「我沒老婆孩子。」

「那你會跟你媽媽說你來過舞廳嗎？」

「我和我媽媽不住在一起。」

「那你會打電話給你媽媽講你去過舞廳嗎？」

「會，她會讓我好好耍，開心一點。」

她的兒子，當然不知道媽媽在跳舞掙錢。媽媽在省城的公司上班。如同多數舞女，她也住在舞廳附近，平時都是自己做飯。「乾淨一點。」她說。

周眼鏡喜歡她的淡定、秀氣，還有她的小巧身段，她的碎花連衣裙也很合體雅致，讓她顯得跟別的舞女不太一樣；她的生意不算差。今晚，她剛來就跟他跳。然而幾曲過去，他倆似乎也不知道說些什麼。她說過年回家只待了五天，初五就回來了，「回來掙錢錢。」他想起從前跟她跳舞，他倆都比較規矩，頂多，他摸摸她，她親親他。他也感覺得出來，她不討厭他這個客人。但她不是一個太愛說話的舞女。

「先不跳了。」周眼鏡就像賭氣。反而她很禮貌：「謝謝你給我開了張。」這裡的茶，最低十元一杯，他捨不得買，場內這裡坐一下，那裡走一下。等他坐回跟郭沫若聊天的位置，他看到她又過來了，是去旁邊喝水，她的杯子放在角落。他拍拍她的肩膀，算招呼。喝完水回來，她也拍拍他的大腿，算招呼。

過了兩、三分鐘，周眼鏡走去舞池邊，她還站在那裡等客。我們再去跳，周眼鏡說。他想跟她跳。他現在跳舞，很多時候都跟「老熟人」跳。他喜歡舞女和客人之間那種慢慢才有的基本信任和瞭解。再說，他喜歡摟著她的細腰。

這一次，他倆的話多了起來。她嗔怪剛才他不說話，弄得她也不知道說什麼。他說，不是撒謊，他不喜歡那些太暴露的舞女，她說她就穿得沒那麼暴露，但是，剛才一個客人摸了她的胸，說她的胸比那些露在外面的舞女還要大（「摸一摸也很正常。」他還記得有次她這麼告訴他）。她說這裡燈很亮，亮了一個星期了，但還是有人在角落打飛機。妳打飛機嗎？他問。很少，幾乎不打，一般就是跳跳舞。晚上，她通常十一點下班，回去吃點東西，洗個澡，就睡了，她又不玩手機，也不打牌，跳舞跳一天還是很累。早上八點過，她就起來了，去另一家舞廳跳早場，要掙錢錢，養孩子，不像以前，她早上沒事都在畫畫。畫畫？對，她都畫了兩、三年了，當時想到自己早上閒著沒事，就去報了名，跟著老師學，她一直喜歡畫畫。

「妳畫什麼畫呢？」

「油畫和國畫。」

「可以給我看看嗎？」

她打開手機，就在舞池裡，給他看了她的畫，好多發在她的微信朋友圈，很多點讚，比周眼鏡發在微信朋友圈的那些無聊東西得到的點讚要多得多。山水、花鳥、靜物、風景，還有她臨摹的張大千人物畫。周眼鏡不懂畫，但感覺她畫得不錯，沒啥驚人之處，至少不俗氣。他稱讚著，問她人物畫得如何？要難些，畫人物她通常要畫好幾天。她畫過她的母親，她翻給他看，她母親站在老家門口，還有老家風景。她愈說愈來勁，忘了周圍是亂哄哄的舞池，指著一幅山水，老家有個朋友要買這幅畫，但她不賣，想自己留著。

妳上過大學嗎？周眼鏡問。沒有，高中畢業，成績也不好，她說。但她現在沒時間畫畫了，只能等將來老了，六十多歲的時候繼續畫，也不晚嘛，對不對，反正好多畫家都是老了才成名。

「我畫畫這個興趣，還是好的愛好哈。」她最後說，揚起那張秀氣的臉。

二〇一九年三月中旬寫於「羅馬」

在撒旦的燈光下

今年夏天，省城舞廳依然像個慢性病人，經不住隨時襲來的「惡劣天氣」或「不可抗力」折騰，但比去年更難捱，彷彿快要斷氣。

一

在山大王的巢穴耍一下午或耍一晚上有個好處，就是十元門票含了一杯茉莉花茶，省了起碼五元茶錢。茶不好，可周眼鏡喝茶不講究。吧台有免費紙杯，也有瓷茶杯。周眼鏡愛用紙杯，雖然討厭那個髒兮兮的塑膠杯托。

紙杯泡茶，總有怪味，周眼鏡偶爾也用瓷茶杯，但他總是走到開水間，像有些大爺大叔，把杯子用鮮開水燙一、兩遍，算是消毒。直到有天，他看到一個六十左右的大叔也在開水間燙杯子，不是瓷杯，而是紙杯。

大叔說：「紙杯子有一層鈉，有毒，把杯子多燙幾道，軟了，鈉就會少些。你看地上盆子裡泡的那些瓷杯子，他們就加點消洗靈，沖都不沖，根本沒得用，消啥子毒哦。有些女的打了手槍，有些男的摸了婆娘，手都不洗，端起杯子就喝。」

周眼鏡想到其他人的手和杯子，還有男人女人的下體，還有紙杯那層鈉（不管有沒有毒，總是不好的東西），第二天，他去買了一個便宜的便攜水杯。以後每次去山大王的巢穴耍，他都帶著自己的杯子，也帶上自己的茶葉。

不是所有女的都不洗手。周眼鏡遇到好幾個舞女，她們不像動手拉客的孃孃那麼放肆。有的孃孃跳舞時會問，彷彿高雅派對上的淑女或貴婦：「我可不可以摸你的雞兒？我的手是乾淨的，剛剛洗了。」孃孃隨即解釋，有的男人不讓摸他雞兒。遇到這類孃孃，周眼鏡總有莫名好感，讓她摸，也摸她。摸之前，他也說，我的手是乾淨的。

周眼鏡想，拋開錢不說，除了這裡，她們大多數人，想摸的時候，想要被摸的時候，大概沒有地方摸男人或讓男人摸，就像他也沒有地方摸女人或讓女人摸。就這一點，他和她們一樣，哪怕你摸的，不過一堆肉骨毛髮，有熱氣，會說話。

當然，他不會跟有些男人一樣，更不會像去年秋天他在另一家舞廳聊過幾句的光頭大爺。那時風聲很緊，很多大舞廳關門，那家五元小舞廳，突然湧來不少無處掙錢的十元舞女，哄抬價格，燈又亮。光頭大爺很不屑：「十元一曲！三分鐘！這麼亮！瓜娃子[1]才跳。我們進來，就是摳批的。」

五元一曲三分鐘，十元一曲還是三分鐘，周眼鏡也不是瓜娃子，再說，他不喜歡太年輕太漂亮太傲嬌太狡猾的女人，她們更費錢，更心凶。不管燈亮不亮，他後來幾乎不去十元舞廳。

今年夏天，省城舞廳依然像個慢性病人，經不住隨時襲來的「惡劣天氣」或「不可抗力」折騰，但比去年更難捱，彷彿快要斷氣。五一剛過，有的舞廳又關了，有的舞廳據說再也開不了門，有的舞廳愈來愈亮，或用老司機的話，愈來愈不好耍。

只有山大王的巢穴一直很暗，保安也不打擾舞女舞客，或用周眼鏡的話，這裡還有一些創作自由，不怎麼自我審查，也幾乎沒有警察臨檢，或許後台夠硬也捨得打點，或許這裡暫時沒上黑名單，人氣因而愈來愈旺，儘管從最初的全黑舞池，變成了現在的花燈搖曳。

周眼鏡愛上了這個爛朽朽的地方，低端中的低端，一週至少要去兩次，未必都跳，坐在那裡就很放鬆自在。有時，好比一位嗑了藥的道友，周眼鏡面帶微笑，看似靜穆深遠，實則虛無飄渺，在舞池內外搖曳的光影中遊蕩。活著，哪怕活一天算一天，再怎麼都好；一切難以預料，誰知道明天會有什麼，這家舞廳像這樣還能堅持多久。舞池靠牆的地上，都是一位舞女說的：「都是小娃娃。」若要算上這些沒能撞上𠮟子就已死去的萬千精子，山大王的巢穴，其實比很多舞女舞客平均年齡年輕得多的舞廳活躍，更有生命力，更好耍。

但他沒有想到，所有人也沒有想到，不論十元一曲還是五元一曲，這個夏天，省城舞廳真的就快斷氣了。

二

有了山大王的巢穴，周眼鏡偶爾才去別的五元舞廳了。西門有家舞廳，也跟山大

1 瓜娃子是省城話，就是傻瓜。

王的巢穴一樣爛朽朽，音響效果也像一位舞客說的，「屁響屁響」。自從過完年，那裡的保安巡場特別頻繁，每隔大約十分鐘，就會拿著手電筒，走進昏黑的舞池和同樣昏黑、擺了一溜長沙發的角落。但是，保安多半不管摸摸搞搞的男女，而是專照地上。有個舞女告訴周眼鏡，舞廳害怕地上有用過的保險套，萬一警察臨檢發現，這裡就會關門。

坐在暗處，周眼鏡望著五十出頭的舞女跟六十多歲的老頭在沙發上交合。孃孃觀音坐蓮，弓著腰，面朝外。閃閃爍爍的朦朧紅光，照在她的臉上。有那麼幾秒，她的眼光和周眼鏡的眼光交會，但她沒表情，閉著嘴，就像一個修練祕笈的神女，只有粗壯的上身和短裙下面的胯部繼續蠕動，直到她把老頭超度。過了一會兒，女人一手捏緊，捏的該是套子，走進舞廳廁所。她肯定曉得，在這裡謀生，現在必須規矩，再也不能把用過的套子和紙巾亂扔地上。

周眼鏡想，去年夏天，幾乎所有舞廳的保安，都不會這麼緊張，風聲真的愈來愈緊。有晚，他去了亮得讓他很不自在的一家小舞廳，跟深深愛你跳了幾曲。他好久沒見到她了。周眼鏡還是抱緊深深愛你，使勁擠壓她的背部，她的肩胛，那一小塊勞損的地方，還是輕輕響了一下，還是馬上就舒服了；他也照她說的，幫她使勁按了一下肩膀。然後，她問周眼鏡，要不要幫他也擠一下背，周眼鏡說不了。

深深愛你那晚自己做的飯，炒的菜，煮的湯，吃飽了，躺著，竟然睡著，晚上七點過才醒，醒了就來這裡上班。她最近失眠，睡不好。周眼鏡問她為啥失眠，她說她也不曉得，反正睡不著，躺在床上看手機，打小遊戲，要到一、兩點才睡。

深深愛你跟周眼鏡講，前晚，她加入的一個舞女微信群裡說，北門有家大舞廳，警察臨檢，地上發現了保險套，馬上清場。昨天晚上，警察也來這裡檢查，看到舞池地上有一小塊嚼過的口香糖，以為是套子，撿起來看，扔了，轉身走了幾步，不放心，又走回去，再撿起來看，幸好口香糖就是口香糖，沒有魔術一般突然變成裝了小娃娃的保險套。

舞廳男女都在傳言，省城下個月要開宇警會，全宇宙警察和消防員運動會，所有洞洞都得關門。在山大王的巢穴，周眼鏡跟一位四十來歲的短髮御姐跳過幾次。帝都開兩會那陣，山大王的巢穴也關了十二天。重又開門，御姐有次跟他講，那些天，她只掙了一千多塊，都是熟客叫出去喝茶、打麻將和吃飯，就算包場。御姐說，六月底，這裡和其他洞洞還要關兩個月，直到全宇宙的警察和消防員開完運動會。

這位御姐穿得保守，很像周眼鏡在「羅馬」那家洞洞遇到的豐乳肥臀，隱隱也有一股不可侵犯的氣勢。她說她不打飛機，不站樁，也不接吻。「這裡有個女的，樣子不錯，身材不錯，走出去也不錯，你應該看得起。但每次跳舞，她都把客人的衣服撩起來，親客人的奶奶，老頭的奶奶她也親，還打飛機。」御姐很不屑。

御姐告訴周眼鏡，有個客人對她說，妳一個月掙五千、八千或一萬，那個女的，一個月起碼翻一倍，但她說自己掙不來那個錢。御姐接著講，你說的那個駝背侏儒，天天都來，也要跳舞，還讓女的給他打飛機。「妳跟他跳過沒有？」周眼鏡問：「給我二十塊一曲我都不跳，好丟臉嘛。」

一天黃昏，周眼鏡坐在新二村的露天茶館喝茶發呆，手機來了一條簡訊：「在幹什麼？」回鍋肉吃胖的暗紅長裙早就說過，哪天，約他去她住的地方耍。周眼鏡隨即打電話過去，跟她撒了個謊，說自己在外面跟朋友吃飯喝酒。

他知道去她那裡耍是什麼意思，要是去了，很可能，他們會耍一個晚上，就像她說的，「看看我們哪個更厲害。」但他不是不想，也不是擔心跟她過招敗下陣來，而是怕花錢，心疼愈用愈少的錢，他沒那麼多錢可以經常這麼任性，活下去比性交重要。一位朋友說得好，就像說的是他，沒有房子的男人，就沒有性交的權利。而且，一想到用錢買性，戴上保險套日批，他總覺得乏味，再好耍的女人，彷彿馬上就變得索然。

然而，他依然是暗紅長裙的熟客。那一陣，深水區不再全黑，燈比以前稍亮，暗紅長裙不再天天都來山大王的巢穴。周眼鏡問她，不來跳舞都在做啥子。打麻將，跟小區的鄰居或熟人打，她說，有輸有贏。有次，隔了將近十天見到，她說：「其實，跳久了還是有感情哈，好久沒有看到你，還是會有點想你。」

周眼鏡有些感動，但也僅限於感動。只是每次看到她，他多半跟她跳幾曲，有時摸摸她，有時她主動，偷偷撩起上衣胸罩，讓他摸那對結實大奶，她最喜歡男人摸她乳頭。「像開關，一按全身都舒服。」她說。

有時太熱，不光舞池一股合群的汗味，兩個人也一身汗，他們就邊跳邊聊。「你很害羞，你好斯文哦，像個書生，要男子漢一點。」她說，不是責備，像在鼓勵。周眼鏡也開她的玩笑，故意說剛才看到妳和大爺在角落親嘴，其實他沒看到。暗紅長裙則說：「理解一下嘛，不然掙不到錢。以前這裡好掙錢，睡到中午一點，下午過來都可以跳幾百塊。現在關了好幾家，來這裡的女的多了，選擇多了。他們都要年輕的，新鮮的……」

暗紅長裙不僅開過超市，賣過服裝，還在省城遠郊一個鎮上開過按摩店，跟一個女的合夥，招了幾個小妹，開了兩年，沒有去搞派出所的關係，開垮了。「你要是瞭解我的經歷，你會佩服我的。」

她的老家從前也有舞廳，一個舞廳老闆喜歡她，但她那時年輕，漂亮，身材好，傲嬌，不咋理人家，不然，她現在也是舞廳老闆娘了。「我們那裡跳舞，漂亮的站在亮處，不咋個漂亮的只敢站在黑處。漂亮的，客人給兩百三百，不漂亮的只給三十。有的客人沒得啥子錢，就給五十，但也不能亂摸，隔著牛仔褲都不准摸。」

昨天下午，一個客人給了她兩百，叫去前廳麻將室，打了兩、三個小時麻將，她把客人給的錢輸了，等於沒掙到錢。「不過耍了嘛，只能這樣子想了。」晚上，那個客人還請幾個舞女去館子吃飯，吃了三百多，一大桌子菜。

周眼鏡說他以前洗頭都不用吹風，可能濕氣太重，脖子常有冷汗，前幾天買了一個吹風機，看看洗了頭堅持用吹風有沒有效。暗紅長裙於是說她會刮痧，哪天去她那裡，她給他刮。妳用什麼刮痧？周眼鏡問。用筷子或者瓢羹，她說。

「你是做啥子的？」暗紅長裙終於問起他的職業，畢竟他們算熟人了。周眼鏡說自己做點小生意，廣告啥子的。「那你還是能幹，雖然看起來像個書生。」她說。

三

在山大王的巢穴，周眼鏡不時遇到他在別的五元洞洞跳過的舞女。有個肥溜溜的長裙孃孃，五十出頭，年輕的時候肯定也是美人，常在「毒氣室」，偶爾也來山大王的巢穴。

這個孃孃很好玩，周眼鏡跟她跳過三、四次。每次，她都戲謔一般摸摸周眼鏡的乳頭，用她的凹陷乳頭跟他的比較，要麼隔著褲子，輕輕摸他兩下，說要逗他一下，想把他強姦了，他怕不怕她把他強姦了。

但她其實很規矩，至少跟周眼鏡跳舞沒有亂來。她喜歡開玩笑，問周眼鏡做愛做不做得了一個小時（因為她可以高潮好幾次），他做愛時喜歡在樓上還是樓下。周眼鏡反問她，她說她喜歡在樓上，還把一條肥溜溜的大腿跨到周眼鏡的胯上，問他曉不曉得這叫啥子姿勢。周眼鏡說不曉得。孃孃說，這個，每個人都曉得啊，你去館子吃飯就曉得了，是不是要點一個菜，肉末燒的粉絲……「螞蟻上樹！」周眼鏡恍然大悟。「對頭！」孃孃笑道。

可是，宇警會愈來愈近了。當然不只這個會，還有來勢凶猛的「掃黑除惡」，據說要鬧三年。跟去年甚至今年年初完全不同，省城再也沒有全黑的舞廳，所有深水區變成了渾水區或淺水區。更不要說幾家紅火的大舞廳，不論五元十元，不是被迫倒閉，就是開開關關。

周眼鏡從來不在深水區打炮，也不隨便跟人親嘴，更不覺得每次去一定要做些什麼，但他不喜歡太亮的燈光，尷尬，或像暗紅長裙說的，害羞。或許，除了跳交誼舞的男女，所有人也不喜歡燈光太亮；客人覺得不好耍，多數舞女覺得不好掙錢，尤其那些經常站樁和打飛機的舞女。

傳言愈來愈多，真真假假。說是省城所有舞廳，過一陣子，都要像太陽系其他星球的舞廳那樣永久關門（太陽系其他星球，的確也有不少舞女飄來省城掙錢）。有的舞廳門口貼出告示，不讓舞女穿短裙和低胸露背裝，穿長裙也必須穿襪子；很多舞女，的確穿得愈來愈保守（有些孃孃很聰明，穿長睡袍一樣的裙子，裡面內衣，甚至啥也不穿。在一家五元洞洞，周眼鏡就遇到一個孃孃，拉著他的手讓他摸，像在顯擺，因為她不穿內褲，毛也剃了，她說男人喜歡）。有的舞廳，保安愈來愈像警察，在砂舞池內外穿梭監視，面無表情盯著你，就像隨時都會猛撲過來，把你「扭送公安機關處理」。很多舞廳，警察臨檢也愈來愈多。偶爾，你會聽到舞客舞女說，某某舞廳昨天下午開門，進去只讓坐著喝茶，不放音樂，也不能跳舞，因為「上級」又有什麼檢查。

有晚，周眼鏡和幾個男女朋友去了一家十元舞廳。朋友喜歡開包廂唱K，周眼鏡不喜歡唱歌，跑到外面的舞池周圍看了幾圈，一曲未跳。後來，他又出去，偌大一個舞池空空如也，沒有音樂，頂上也不像先前只有紅燈，幾盞明晃晃的白熾燈泡大亮，之前數百男女，只剩靠牆高凳零星坐著的兩、三個舞女，還有舞池前面兩個守靈一樣的保安。警察剛剛來過，才有這番詭異。

過了幾天，在山大王的巢穴，舞池一旁的茶座，頂上也新添了幾盞刺眼的白光聚光燈。周眼鏡第一次覺得，坐在這裡很不舒服，甚至有些驚慌。他見到暗紅長裙，她說舞廳今晚還要裝燈泡，明天會更亮，全亮。周眼鏡覺得她開玩笑，不相信。在洞洞混了一年多，除了警察臨檢那麼一小會兒，他從未見過全場通亮的舞廳。

四

暗紅長裙沒有亂說。又過兩天，周眼鏡走到山大王洞口，一個大叔走上地下室長長的階梯。

「裡頭是不是很亮？」

「去不得！亮得就跟照相一樣。我都冤枉遭(2)了十塊錢門票。去不得！」大叔說。

「人多不多呢？」

「人也不多。去不得！」

周眼鏡沒有進去。

等他終於進去，周眼鏡很想狂笑幾聲。山大王的巢穴，除了以前就有的微明紅燈，果然新裝了二、三十盞冷色的日光燈泡或燈管，不僅全亮，慘亮，而且亮得讓你想到

「坦白從寬，抗拒從嚴」，想到「群眾的眼睛是雪亮的」。既像照相館，更像審訊室。人遠沒之前多。舞池內外，看的比跳的多。跳的，也像曬蔫的植物，沒精打采，或不怎麼自在，只有角落靠牆，雖然也亮，還有幾對男女摟緊了偷偷摸摸。

站在舞池前一看，頭頂兩盞花燈和幾盞曖昧紅燈雖還開著，但有那麼多日光燈泡的對比，就像過氣明星，顏色憔悴。強烈的白光下，天花板上機房一樣錯綜複雜的新舊通風管道和電線，茶座對面牆上菸霧燻得朦朧的一扇長方形大鏡子，破舊的茶桌和椅子，還有畫在卡座牆頭的幾幅蹩腳山水畫和花鳥畫，讓這裡更像從前的鄉氣夜總會。這麼亮，跳個錘子啊，周眼鏡想。

但他還是跳了，因為長髮狐媚。除了暗紅長裙，她是他在這裡跳得最多的熟人。她們一個豐滿，一個苗條。暗紅長裙有次跟他打趣：「你很會享受呢，選了一胖一瘦。」出乎周眼鏡意料，長髮狐媚說，燈亮，這幾天她反而掙得更多。或許，因為她是這裡最好看的一個舞女，穿得也像暗紅長裙說的，比較洋氣，三十左右，遠比那些

2 省城話，白賣了。

四、五十甚至更老的舞女吃香。或許，也因為她只跳舞，基本不打飛機，燈亮，更讓她顯得出眾，至少在山大王的巢穴。

周眼鏡和長髮狐媚認識半年多。第一次跳，這裡的深水區，還是真正的深水區。渾濁的空氣中，他們像亂世情侶摟在一起，衝動，彷彿一見傾心。她很快拉開他的褲鏈，給他打飛機，還沒擠到牆邊，他就射了。

「你是這裡最帥最有型的男人。」她後來說。他們都很聰明，或狡猾，懂得揚長避短。她說她就是乳房小屁股大，不去真美女和人造美女如雲的大舞廳，就來這裡掙錢，這裡容易。他不是帥哥，也不去「女神」居多的洞洞，那裡太花錢，也不合他的重口味。

時間久了，大部分時候，他看到長髮狐媚的確都在這裡（晚上，她在另一家更亮的五元舞廳），也只跳舞，不打飛機。那次給他打飛機，或許是對他的肯定。或許，她偶爾也給看得順眼的人打飛機。

有天下午，她跟周眼鏡說，又像挑逗又像憧憬：「去你那裡，關起門來耍一下午，脫光了，硬了就放進去，軟了，兩個人就抱在一起，硬了再放進去。我趴在床邊，你站在地上，從後面來。」他說過他一個人住，她也說過她跟人合住，去她那裡不方便。

然而，一想到她說的那個金額，五百元，不多也不少，周眼鏡還是心疼錢（他跟她跳舞，一般也就四曲，最多不超過六曲；過了這個限度，一是他不知道再說些什麼，二是就這麼跳下去，還不如立刻上床）。對於窮人，性交太奢侈了；活下去，還是要比性交重要。

「你很老實，沒得壞心。」這是長髮狐媚對周眼鏡的評價。周眼鏡很少把手伸進舞女的內褲，但她有時一邊親他，一邊拉著他的手，要他摸她。她說那些摳的，她都明說不讓摳：「我咋曉得你的手有沒有細菌呢？我還沒有生過小孩，沒有結婚，為了跳你這幾十塊錢，得了病，都不止花這點兒錢來醫。」

長髮狐媚以前在外省賣服裝，跳舞，是閨密帶她來的，跳了一年多。為啥不找個男朋友結婚？「跟你一樣，沒遇到合適的。」她用家鄉話說：「我也莫錢。」她給家裡也這樣說。不過，她在老家市區買了一套房子（她沒說自己買的還是家裡人合買的），一百多平米，才裝修好，前一陣回去買了家具，只差家電沒買，她掙的錢都用在上面了。「只剩六、七千塊，就又回來掙錢，現在又多了一點兒。」

大亮之後，周眼鏡第一次去山大王的巢穴那天，長髮狐媚跟他講，你看那邊那個女娃兒，那個穿黑色吊帶裙的，沒戴胸罩，穿的丁字褲。這麼亮，她看到過。但她從不那樣穿。很多舞女來舞廳，「上班服」通常就那麼兩、三套，長髮狐媚卻愛換花樣，但不暴露。「扮淑女。」她說。她一天要穿三套，路上一套，早晚跳舞兩套。

長髮狐媚只有一百斤了，那天中午只吃了一個麵包。晚上也吃得少，十一點過回去，洗漱一下，不再吃東西。但她只會煮麵不會做飯，都是合住的人做飯。「所以，你去我那裡會不方便，就怕中途有人回來。」她說。

她又說起他不叫她去他那裡，難道等她老了他們再做，她也好久沒有做愛了。但她不跟人出去開房。「你看我天天都來，哪裡會去開房嘛。一天掙幾百就夠了，比上班好。」有天，有個老頭包她場，一小時一百塊，他說，給妳雙倍的錢，一起出去，她說不去。「跟老頭開房，丟人。還是自己跳舞安逸，那麼多男人，天天左擁右抱，花心女一個。」她自嘲。周眼鏡還是說哪天給她電話，但他預感，他做不到。好歹，她在老家還有一百多平米，他卻活一天算一天，每多一次這樣的性交，可能就得少活幾天。

周眼鏡和長髮狐媚轉到角落一台櫃式冷風機的風口，這裡涼快，也可稍稍避開穿進穿出的男女。一個矮胖嬢嬢和一個老頭也在旁邊跳。突然，嬢嬢一邊捏弄老頭的雞兒，一邊對長髮狐媚說：「妹兒，妳的長頭髮，不要捲到裡面去了。」

長髮狐媚跟周眼鏡說，她的長頭髮不會捲進風口，風是往外吹的。周眼鏡說，我們還是過去一點吧，老爺爺萬一射了，他的那些小娃娃，不是正好吹到我們身上。

人什麼都能將就，也能找到將就的藉口。周眼鏡很快覺得，亮就亮吧，不單有利觀望，也因為山大王的巢穴依然無為而治，這裡很快再度熱鬧。除了看不到站樁或讓舞客打背槍的舞女，一切照舊，依然還有一些創作自由，依然不怎麼自我審查。

不像其他洞洞的保安，這裡的三、四個保安，基本是個擺設。領頭的保安小老頭，一張核桃小臉，制服永遠不扣，天熱時，露出光溜溜的排骨胸，笑咪咪的，拎著掃帚畚箕，人堆裡穿來穿去，不時拍拍某個舞女的屁股，或跟哪個嬢嬢開兩句玩笑。

有晚，周眼鏡聽到保安小老頭在跟同桌的大叔寒暄，（便衣）要是抓到有人在打飛機，罰他們保安一千；燈會暗的，可能要十一以後。暗紅長裙也說，彷彿鬆了一口氣，亮歸亮，宇警會期間，至少不會關門了。

五

可是，要等有天，周眼鏡去了另一家也是全亮慘亮的五元洞洞，從坐在身旁的一個老頭嘴裡，他才得知為什麼燈亮。

老頭正跟一位熟識的中年舞女講著省城舞廳最近的八卦。音樂太響，周眼鏡沒聽清楚，看到孃孃暫時走開，他又問起。

老頭說：「你不曉得啊，現在全宇宙對省城人跳舞很有意見，太陽系其他星球的舞廳都關了。區上還有市上，最近專門開了幾次會，還把各家舞廳組織到一個模範舞廳參觀學習，規定所有舞廳必須做到三點，一是禁止未成年人入內，二是必須裝監控和安全門，三是實行一鍵燈光。」

前兩點，周眼鏡並不陌生，一鍵燈光，卻第一次聽說。

「一鍵燈光，就是這些舞廳都要裝白熾燈，亮得要跟寫字樓一樣，燈不能暗，而且只能有一個開關，不像以前，警察來的時候調亮，警察一走又調暗。現在，沒得這本書賣了。不然，就喊你關門，永遠不得再開。」老頭說。

「你是聽舞廳老闆說的吧？」

「啥子舞廳老闆說的哦，這個，電視新聞都演了的，網上也有報導，你可以去找來看。」

周眼鏡想起來了，有天中午，他路過「羅馬」附近一家經常沒啥人的五元洞洞，門口停了好幾輛警車，還有幾個警察拿著文件夾匆匆往裡走。周眼鏡當時以為，肯定又是全宇宙的警察和消防員來省城開運動會之前的頻繁檢查，沒想到是開會，或許，就是傳達「有關部門」的這幾條規定，規勸加上威逼。

既然「全宇宙對省城人跳舞很有意見，太陽系其他星球的舞廳都關了」，一鍵燈光，那就沒有舞廳敢不遵從，尤其風頭上。周眼鏡後來跑了好幾家，五元十元，家家都像山大王，新裝了十多二十盞日光色的白熾燈，全亮，慘亮，「坦白從寬，抗拒從嚴」；燈泡裝得也很統一格式，彷彿官媒通稿的標準版面。即使個別洞洞膽大一點，把大部分燈泡裝成橙黃色，亮得不像照相館或審訊室，但你再也看不到上半年那樣的曖昧昏黃或伸手不見五指。

即使這樣，還是有大小洞洞奉命關門。音樂屁響屁響和孃孃坐蓮的那家洞洞也關了。宇警會開幕前，有家紅火的十元大舞廳，一天下午，來了一大幫穿制服的人，據說帶走一大客車的「女神」。

當天黃昏，周眼鏡路過這家開門不過一個禮拜卻又再度關門的大舞廳，幾個「死裡逃生」的老頭，還在門外心有餘悸：「挨個查身分證，查了才准你走。要是喊你屋頭的婆娘來領人，哪怕你就是一個人坐在裡面喝喝茶，但是回去咋個交代嘛，咋個說得清楚嘛！」

宇警會終於勝利開幕然後勝利結束了，跟周眼鏡半分錢的關係也沒有。他只在「羅馬」附近的街頭，看到胸前掛著洋氣紙牌牌的幾個高大洋人，來自一個名叫俄羅斯的迢遙星球，乘著免費地鐵，從省城遠郊的氣派賽場來到市區晃蕩。在這期間，沒有關門的數家慘亮洞洞，果然一直開著。山大王的巢穴，天天下午也開燈火通明的運動會，賽事依然精彩紛呈。每次帶上便攜茶杯來到這裡，花一塊錢寄好背包，走到開水間把茶沏好，拎著滾燙的杯子坐上舞池旁的卡座，周眼鏡就有回到他和祖母住過的市井小街那股愜意。他看熟了大半的舞客和舞女，他們肯定也看熟了他。

不是只有周眼鏡變不利為有利，覺得燈亮更容易看熱鬧。有天下午，同桌一個六十多歲的大爺跟他搭話：「你看那邊那個婆娘，快六十了，就在我們小區賣菜，擺地攤，她的老媽白天賣，晚上她回去幫著賣。再看這邊，那個穿紅衣服的婆娘，老公是省政府某某局的，一個月八千多，她還要出來跳舞，說她寂寞，來找刺激。女人，有時候也想那個事嘛，但她老公白天上班累得很，她捅捅他，睡得就跟死豬一樣。這個婆娘經常在這兒耍，又掙了錢，又享受了。她的兒子今年才考起大學，這幾天暑假，跟著同學出去耍了。她老公，我在小區裡碰到，都要打招呼的。我問她今天是星期天，妳不在家陪老公？她說老公出差了。你看，這裡啥子人都有……」

周眼鏡聽得津津有味。老頭的話，唯一不可信的，是那個紅衣服婆娘的老公睡得像死豬，還有她想做愛時用手捅捅老公，這些，老頭咋個曉得？難道她給他講的？

周眼鏡不想深究，這個細節，真假不重要。大爺還在講：「啥子？你問我跳了沒有？跳了嘛，消費了二十，跟一個老熟人跳的。這裡是老年人的舞廳，像你這樣的很少，你應該去另外幾家，那幾家的那些婆娘才漂亮，巴適……」

大爺說，還有母女來跳舞掙錢的，不過一般不在同一家舞廳。旁邊，有個坐下來歇口氣的孃孃一聽，馬上接嘴：「你們就不曉得了吧，還有兩爺子逛舞廳的，我遇到過。那天，父子倆就在舞廳遇到了，兒子說，爸，你放心，我不會跟媽說……」

「這裡啥子人都有」。有次，周眼鏡聽到一個大叔在跟同來的其他人講自己的一個朋友：「老王跟我說，舞廳那個婆娘對我好得很，百依百順，丟不脫。我就說，她對你好？好到啥子程度嘛？百依百順？我給你出個主意，你給她打電話，說你生病了，看她要不要拎著東西來看你嘛。丟不脫？她如果來看你，那就真的丟不脫。」

這個大叔有老司機的世故，隨即說起另一件事：「有次，我跟老李和一個婆娘坐在一起。老李跟那個婆娘說，張哥是我的朋友，你跟張哥也跳一曲嘛。婆娘於是拉著我的手，起身要往舞池走。我馬上就說，我跟李哥比不得哦，他，有錢得很，退休費幾大千，用都用不完，我，是吃低保的。婆娘馬上就把手收回去了。這個社會，太現實了。站要站錢，坐要坐錢，摸要摸錢，日也要日錢……」

六

跟所有人一樣，周眼鏡漸漸忘了或不再過多在乎燈亮（有人說燈過了十一就會暗下來，有人說可能再也暗不下來了）。不論摟著暗紅長裙還是長髮狐媚，也不論抱的哪個孃孃妹子，周眼鏡也跟所有人一樣，多半都往舞池裡人多的地方擠。這跟燈暗時大家擠在一起又不一樣。燈亮時，不管你做什麼，人堆更有虛幻的安全感，也更容易讓你看清周圍。

雖然沒了狗一樣的暗中交合，沒了女人蹲在黑乎乎的舞池角落給男人口爆，周眼鏡卻不時看到一旁的舞客把舞女的乳房掏出一半，看到她們的胸罩內褲是什麼款式和顏色，她們有沒有打手槍，男人有沒有把手伸進女人下面。有個孃孃，半彎著腰，把一個大叔的上衣撩起一截，正在賣力親著男人的乳頭，一隻手則暗暗捏弄他的命根；大叔背靠牆，面朝外，喜樂不形於色。這個孃孃，是不是就是短髮御姐說的，喜歡親男人奶奶的那個舞女？

燈亮了，周眼鏡也時常對著身旁跳舞的孃孃或妹子微笑，有的他跳過，有的他沒有。她們，被其他男人摟著揉著捏著，或是摟著揉著捏著其他男人，多半也會回笑。周眼鏡現在覺得，這個不停蠕動變換的人堆，就像一個大盆子裝滿了水不停溢出，也像船上的一群人，船在晃，人也在晃，你必須抓緊不管什麼東西，不然就會跌倒或落水。

在山大王的巢穴，周眼鏡差點就跟暗紅長裙和長髮狐媚上床，他也差點跟一個四十左右的孃孃去她獨居的出租屋。她是省城郊縣人，口音很硬。周眼鏡跟她跳過好幾回，每次她都穿的丁字褲。她說她有一打丁字褲。你不怕勒麼？周眼鏡問。不怕，她喜歡丁字褲，穿在身上就像沒穿，就像在家不穿內褲一樣舒服。有的男人跟她講，她屁股大，適合打背槍，她也這麼覺得，她說。

周眼鏡喜歡摟著丁字褲孃孃，她的衣服有股清香，就像噴了不錯的香水，讓他想起看過的一部紀錄片，北美母黑熊想要交配時，會找一棵樹蹭來蹭去，留下自己的氣味，好讓公黑熊嗅到。她的衣服都是這麼香，丁字褲孃孃說，她用的是一種不錯的洗衣液。

那天下午，丁字褲孃孃說她好久沒做愛了，要不現在就去她的住處，她今天特別想要，特別衝動。

周眼鏡問她好久是多久？「還要好久？一個星期不做就會想。」她說。

她今天穿的不是丁字褲，她說，而是有開口的情趣內褲。什麼內褲？「情趣！」她在他的耳旁大聲重複。她說周眼鏡噴的香水好好聞，把她衣服的香味都蓋過了。他說噴的驅蚊水，專驅母蚊子。她接口道，你曉不曉得有一種情趣香水，男女做愛的時候噴了就會發情。

周眼鏡想著她的一打情趣內褲，想著她說的情趣香水。「去我那裡嘛，我今天特別想。」她的口音，也讓周眼鏡想起一則方言笑話。

一個站街女跟一個男人搭話：「Save the people。」男人以為說的英語，「拯救人類」，對方可能是做公益或傳教的。Save the people，女人又說。男人隨即明白不是英語。Save the people，師傅日批不。

周眼鏡很想告訴丁字褲孃孃這個笑話，因為她的口音，跟這個笑話中的女人一個地方。但他忍著沒講。他也忍著沒跟丁字褲孃孃去她那裡，而是重複了他給暗紅長裙和長髮狐媚的藉口，只說朋友約了一會兒吃晚飯，哪天有空，他給她電話，就像他們的關係不是舞客與舞女，或者嫖客和妓女，而是彼此撒點小謊的情侶。

那天下午，山大王的巢穴人山人海。這個地下室，加起來不足一個籃球場大，起碼擠了三、四百人。周眼鏡跟丁字褲孃孃跳舞時，除夕他在「毒氣室」跳過的胖姆姆，就在幾步之外跳著。胖姆姆一邊偷偷揉捏大爺舞伴的雞兒，一邊對著周眼鏡微笑，算招呼。還有好久不見的阿靜，去年他剛去洞洞那陣認識的，一天要跳三場，站樁，打手槍，都來，是他遇到的最勤奮的舞女。

阿靜明顯胖了，也認出了周眼鏡。人堆裡，她笑得燦爛，摟著男人，舉起一隻手，食指拇指張開，對著周眼鏡比了一個打手槍的姿勢，也算招呼。

在撒旦的燈光下，他們，還有暗紅長裙和長髮狐媚，暫時聚在還有一些創作自由的這個地方。

二〇一九年九月中下旬，
寫於「羅馬」、新二村、內化成和山大王的巢穴再度關門之前

最黑暗的地方

燈黑燈亮，就像股票一樣難以預測，或像網上買機票，價格隨時浮動，你必須果斷出手，及時行樂，過了這一村，很可能就沒下一個店。

一

武漢肺炎鬧了將近三個月。三月底，省城洞洞陸續開了。在一家五元舞廳，周眼鏡跟兩個孃孃跳了幾曲，聽到她們對男人的不同看法。

第一個孃孃戴口罩，阿壩某個縣城來的。孃孃說，縣城沒舞廳，或者，沒省城這樣的舞廳。老家隔離剛完，她就來省城跳舞掙錢，問周眼鏡附近哪裡好租房。周眼鏡說，舞廳後面的小街有很多舊樓，租房比較便宜。這個孃孃很胖，泡泡肉，黃桶腰。

她愛吃牛肉，吃成這個樣子。省城男人好，很會疼女人，不像老家男人，在這裡做女人好安逸，她說。

第二個孃孃沒戴口罩，給周眼鏡打過一次飛機。她也胖了，因為疫情。她在省城有房子，兩個多月，除了出去買菜買些雜物，小區進出都不方便，於是天天在家追劇，又吃得，還好，只長了兩斤，現在九十八斤。

周眼鏡故意問她，這段時間有沒有跳舞。跳啥子舞哦，那些男的，一個一個，平時說得好聽，永遠愛妳。不要說約妳出來坐一下，連個微信都沒有，問候一聲，發個紅包也好嘛。一氣之下，她把這些人的微信和電話都刪了。那妳沒有絞家[1]麼？還真沒有絞家，孃孃說。那我也沒有給妳發過微信，周眼鏡突然有些心虛。你不一樣，你又不是經常來這裡耍，孃孃說。

過了幾天，山大王的巢穴也開了，跟其他舞廳一樣，進門要量體溫。那個永遠笑咪咪的核桃臉保安小老頭，灰色保安服還是沒扣釦子，站在洞口，捏著一把體溫槍，像老頑童攥著還沒玩膩的新奇玩具。

周眼鏡見到長髮狐媚，胖了。回來已有個把月，在南門一家五元洞洞跳了一陣，前段時間只有那裡開著。長髮狐媚在老家關了兩個月，鄉下，沒在市裡。老家院子，後面是地，還有山，她沒事就跟親戚朋友爬山，但還是長了十斤，現在一百一十斤。你看我，臉比以前圓了，她說，不過回來會瘦的，跳舞更累，這一陣就瘦了三斤。今天一早，她就來了，已經掙了三百多。午後，看到周眼鏡時，長髮狐媚剛去外面吃了一點東西，酸辣粉。她摘下口罩，親了一下周眼鏡：「我嘴裡有沒有酸辣粉的味道？」

胖了沒有？胖了幾斤？不管是否跟對方跳過，周眼鏡現在喜歡撩起這個話題，他愛這樣問。只有老公在外地的短髮細腰輕熟女說她沒胖，雖然在家猛吃，但吃了就跳健身舞，腰還是很細。

洞洞剛開那陣，戴口罩幾乎是舞女舞客的標配。也有舞女等客時不戴口罩，或把口罩拉到下巴，好讓舞客挑選，等到跳時，再戴。不時，周眼鏡也像油膩的老司機，跟舞女開句玩笑：「口罩要戴，胸罩可以不戴。」對方哈哈一笑。天氣熱了，洞洞男女也像街上的人，戴的多半是薄薄的醫用外科口罩。有個孃孃也開周眼鏡的玩笑，說

1 省城話，就是相好。

他戴的N95口罩，讓她想起電影中的生化危機。這個孃孃還說，現在女人都戴口罩，就連口紅也賣不動了。

武漢肺炎之前沒多久，山大王的巢穴裝修了一次。說是裝修，也就刷了一下牆壁，換了一些椅子；升級了，還是省城最破爛的舞廳，門票卻從十元漲成十五元。省城幾家大舞廳，遠比山大王氣派，真假美女更是站得裡三層外三層，門票也才十元。貴有貴的理由。去年下半年，省城洞洞燈開得最亮的那陣，山大王的深水區，雖也如一位舞客說的，亮得跟照相館一樣，仍有孃孃藝高膽大，一手摟著恩客貼在牆角，一手捏著恩客的雞巴超度。隔了兩個多月重開，山大王的生意還是紅火。有天下午，周眼鏡熟悉的丁字褲孃孃問，就像老師在考小學生：「這裡的門票又貴，又沒得啥子美女，你覺得為啥子人還是那麼多呢？」周眼鏡脫口答道：「因為這裡的保安不管，你想做啥子就做啥子。」

丁字褲孃孃在山大王給周眼鏡打過飛機，但不是去年燈亮的那陣。周眼鏡向來膽小，做這類事情，一是擔心得病，二是害怕被抓現行。他不算名人，但也有一點小名氣，一想到「自稱作家的無業人員周某某在歌舞廳從事淫亂活動被當場抓獲」，還有因為淫亂活動，不得不向這個國家的專政機器屈服，罰款、悔過，甚至拘留，周眼鏡就一陣羞恥和厭惡；不是厭惡自己，而是厭惡這個政權。

那天下午，周眼鏡幾個月來第一次看到丁字褲孃孃，卻不在山大王的巢穴，而在另一家五元洞洞。她就住這家舞廳附近，洗完被子才來上班，老家待了三個月，胖了六斤。「一身都是肉。三個月沒有抱過男人，手都沒有摸過。」她說自己十多年不在老家，也沒啥子熟人相好。「我在想，再來跳舞，要是抱到男人，不曉得會有好想哦。」丁字褲孃孃笑道。她的縣份口音，還是讓周眼鏡想起網上讀到的那個省內方言笑話：Save the people（師傅日批不）[2]。去年，他的確也想過，乾脆去她那裡日一回，她也說自己一個人住，有個客人還告訴她，她的大屁股打背槍特別刺激。有個下午，她甚至說，我們現在就去我那裡吧，我很久沒做愛了，特別衝動，但他還是忍住了。

跳舞的時候，丁字褲孃孃摸了一下周眼鏡的褲襠，沒硬；他還記得她說喜歡男人硬邦邦的雀雀兒。「這裡有點兒亮。」周眼鏡說。「有些人在這兒會緊張，有些人就

2 參見〈在撒旦的燈光下〉。

不會，反而覺得刺激。」她說。周眼鏡把話題一轉，妳回老家那麼久，出也出不來，那妳這裡租的房子咋個辦呢？跟表姐一起租的，表姐不回省城，又來疫情，房子就退了。丁字褲孃孃打電話請熟人把自己的東西搬到別處暫存，鑰匙寄給房東。五一她回省城，又在原來住的附近租了一房一廳的舊樓，一千塊一個月。周眼鏡說戴起口罩跳舞，氣都透不過來，丁字褲孃孃則說，對她們來說，戴口罩也有一個好處，因為有些人跳著跳著，冷不防就會啵兒妳一口，戴起口罩就不會了。男的要是啵兒，我又不喜歡，現在最多把口罩丟了就是了。四、五年前，剛來省城跳舞，在山大王的巢穴，舞客經常啵兒她，她就經常跑去廁所洗臉洗手。其他舞女都說，妳是不是有潔癖啊。有些老頭好臭嘛，口水臭，菸臭，她說。「小心你的手機，這裡人多，有小偷。」跳完，走出擁擠的舞池，她回頭告誡他。

二

周眼鏡發現，武漢肺炎這麼一折騰，壞事再度變成好事，洞洞重開，燈光卻漸漸暗了，尤其有些名氣不大的小舞廳，深水區幾乎回到前年的一團漆黑。去年，省城「有關部門」規定「一鍵燈光」，要求家家舞廳亮得如照相館或寫字樓。等到瘟疫暫退，社會漸漸復甦，「一鍵燈光」，就像洞洞到處張貼的「禁止吸菸」和「嚴禁有償陪侍」標牌，似乎暫時成了一個笑話。舞廳剛剛復業那陣，周眼鏡走進「羅馬」附近的五元洞洞，看到一名保安一手捏著手電筒和畚箕，一手拿著掃帚，正在清掃昏暗的深水區；靠牆地上，又有好幾團用過的紙巾。他滿心歡喜，彷彿看到早春第一抹嫩綠。

壞事再度變成好事，但春節前夕，省城洞洞就有復甦跡象。在山大王，周眼鏡偷聽幾個老頭聊天，北郊有家五元洞洞，是省城目前最黑的舞廳，沒有之一。他問了這家洞洞的大致方位，有個下午，坐公車去了。果然較黑，雖不至於伸手不見五指，但比起亮晃晃的照相館，簡直天壤之別。他見到不少別處看熟的舞女舞客，其中就有那位腦後別了一朵假花的孃孃，常在東門一家洞洞的深水區出沒，也給周眼鏡打過飛機。簪花孃孃跑這麼遠，是因為東門那家關門，別的地方又亮，只好隨處打野食。她沒完全認出周眼鏡，但認不認得並不重要，她不可能也沒必要記住她超度過的每一位客人，這就好比像一個舞女告訴周眼鏡的：「我從來不記跳了好多個客人，我只記跳了好多錢。」

可是，周眼鏡記得簪花孃孃，不光因為她給他打過飛機，更因為她腦後那朵假花，每次，非常不敬，他都想到翁山蘇姬，也是腦後簪花。周眼鏡還記得，簪花孃孃說她除了跳舞還做微商，幾個女人合夥。這天，簪花孃孃想讓周眼鏡加她微信，她啥都賣，台灣的乳膠枕頭，這樣那樣的小百貨或化妝品，外面賣多少，她也賣多少，貨真價實，不買也可以看看嘛。就像劫後餘生的人回憶一去不復返的好時光，周眼鏡和簪花孃孃也說起東門那家洞洞的黑屋子，裡面都是吹拉彈唱的站樁男女，但是現在到處亮成那個樣子，咋個好掙錢嘛。

抱到帥哥好舒服嘛，都捨不得丟開，簪花孃孃說。周眼鏡想，這裡燈不夠亮，要在照相館，她就不會叫他帥哥了。簪花孃孃離了婚，女兒都上大學了。然而這一次，周眼鏡沒有興致讓她打飛機，只是跟她閒聊。她突然說，前一陣遇到一個奇怪的客人，這人跟她講，他把自己的媽上了。真的假的？周眼鏡來勁了，這比打飛機還讓他興奮。

真的，簪花孃孃說，客人跳舞時給她講的。那人三十多，單身，他爸早死了，他媽五十出頭，母子住在一起。他說他媽平時洗澡不關門，也不避諱一下，他有天看到，實在受不了，衝動起來，就把他媽上了。「我覺得這個人可能有點弱智，才給我講這些。他說自己找不到女朋友和老婆，又說他媽覺得兒子既然這個樣子，生米煮成了熟飯，乾脆就讓他體會一下男女的事情吧。他還給我講，這輩子他也不找女朋友了，也不結婚了，就跟他媽在一起，照顧她一輩子，給她養老送終。我還從來沒有聽說過有這種事情，這個應該算是亂倫吧，犯法，你說呢？」

周眼鏡不曉得這個亂倫故事究竟是不是真的，不過，他的確聽過其他孃孃講到類似的事情，雖然並非真實亂倫。前年有個冬夜，在一家十元舞廳，他站在一對四十來歲的孃孃身旁，偶然搭起話來。

「這裡啥子人都有。」孃孃甲說：「有一次，一個四十多歲的男人，好像有戀母情結，跳舞的時候，老是喊我媽媽，媽媽，媽媽。」

孃孃乙接嘴道：「妳還不曉得哦，有一回，一個高中生，一定要請我跳舞，說他喜歡我，後來有一天，又來找我跳，說他想我，想得不得了，還說要把他的第一次獻給我。我後來就跟他說，你這個禮物太貴重了，我接受不起。」

她跟高中生跳了兩曲，勸他不要再來這裡了：「你這麼小，這裡不是你該來的地方，這裡是個大染缸啊。」

春節前，武漢沒封城那陣，也在這家當時省城最黑的洞洞，周眼鏡遇到一位輕熟女，眉眼恍似歌星王菲。王菲說她不跳舞就用手機打遊戲，經常打得頭暈腦脹，就像得了高血壓要暈倒。那妳不跳舞又不打遊戲的時候做啥子？周眼鏡問。上淘寶，她說，人總要有些事情做嘛。那還是打遊戲好，省錢，周眼鏡說。黑上衣沒遮完她的肩，露出一截胸罩吊帶。「肉色。」她說。周眼鏡說他喜歡肉色，性感，城裡人才穿這個顏色的內衣，鄉下買不著，鄉下人喜歡大紅大綠。王菲說，鄉下人現在也興網購了。

「你有一股精油的味道。」王菲突然嗅嗅周眼鏡的下巴。

「不是精油，是剃鬚後抹的……」

「哦，我曉得了，鬚後水。是不是抹了比香水還持久，好幾天都不散？」

「沒有那麼久。半天，或大半天吧。」

「你的臉很滋潤嘛。」王菲摸摸他的臉。他說熱得出汗了，不好意思說，前一陣認得一個美容達人，免費補過一次水，做過一次小氣泡。

「你肯定是晚上過得滋潤。」她說。

周眼鏡沒出聲，明白她的意思。然後他問：「那妳晚上滋潤嗎？」

「我跟哪個滋潤哦。」她輕輕一笑。

湖北或武漢讓人一聽色變之前，周眼鏡也在五元洞洞跳過一位湖北孃孃。她在葛洲壩附近的紡織廠做了十多年擋車工，一個月工資三千多，去年下半年辭了工作，姐妹介紹來省城跳舞，才來三個月。孃孃說她家鄉也有舞廳，但不是這類，門票五元，都是情侶進去跳。

「你們這裡好啊。」孃孃說。哪裡好？「你們這裡不冷。」不冷？周眼鏡很詫異，他最受不了的就是省城的冬天，他下輩子一定要投胎熱帶。「我們那裡比你們冷多了。我在這裡，早上都不賴床，掀開被子一翻身就起來了。」孃孃說。男不進鋼廠，女不進紗廠。她上班的紡織廠是私企，才幾百台機器。唉，她來跳舞來晚了，聽說以前跳舞，房子、車子和票子都跳到了。她們那裡房價雖不高，也要一萬多。多年前，周眼鏡也在紡織廠當過幾個月鍋爐工，他告訴孃孃，他們當年把擋車女工叫作紗妹。但妳這樣來跳砂舞，總比當紗妹好吧，周眼鏡說。「一個天上一個地下。」孃孃說：「一天跳三場，一個月，多則一萬塊，少則也有七、八千吧。」

除夕那天，武漢已經封城，省城也緊張起來。吃了晚飯，周眼鏡戴上口罩出門，街頭人車稀落，就像他在圖片和影片上看到的平壤一樣空曠。往年雖也如此，也是這麼多人，也是一下子魔術一般地不見了，但今年更添一分末日來臨的不祥預感。就不曉得要到啥子時候，這麼多人才會魔術一般地再冒出來了，他想。

周眼鏡有兩張五元洞洞「毒氣室」的贈券。「毒氣室」關了又開才沒多久，前幾天他去那裡，門口跟去年一樣，貼著「春節期間照常營業」的告示，燈也沒之前那麼亮了，更沒有頻繁的警察臨檢。去年除夕，周眼鏡就在「毒氣室」過的，跟一個話癆胖姆姆跳了幾曲，她不想窩在家裡看春晚，騙孫子說要出去打麻將。今年，他還是想在「毒氣室」過年。前幾個月，「一鍵燈光」折騰得那麼厲害，依照共產黨政權的慣例，到了除夕，總得讓大家鬆口氣吧。

騎著共享單車，周眼鏡很享受省城一年難有幾回的詭異，更盼望從街頭的詭異走進洞洞的另一番詭異，他喜歡這種穿越感。然而到了目的地，「毒氣室」沒有開門。他把單車停在街邊，走路去了附近另一家十元洞洞，也沒開門。

這家十元洞洞的街邊，停了兩輛兜客的電動摩的。今天只有一家開著，有點遠，我載你去，摩的司機說。周眼鏡問那裡人多不？人多，鬧熱，但是進去要測體溫。周眼鏡想了想，還是有些擔心，不去了。跳個舞不要緊，萬一染上瘟疫，像他這樣的窮人，就真的不曉得該咋個辦了。

他只是沒想到，剛剛緩了口氣的洞洞這麼一關，重開已是兩個多月之後。

三

周眼鏡沒加給他打過飛機的簪花孃孃微信，不是看不上她在網上賣的乳膠枕頭這類東西，而是不想簪花孃孃發現他經常在朋友圈裝這樣那樣的苦逼，覺得他是一個拿不起又放不下的男人。武漢肺炎之後，周眼鏡去了兩次簪花孃孃經常出沒的東門洞洞，都沒看到她。他有些失落，並非想打飛機，而是還想跟她閒聊。他喜歡舞女話癆，儘管可遇不可求，尤其那類中年女人，啥都經歷過，不遮掩，不矜持，也不過分心凶，換句話說，沒得啥子過場，有啥子說啥子，就連給你打飛機也不亂叫價。可是周眼鏡也明白，洞洞就像鄉下的流水席，哪怕你坐在那裡吃了幾天賴著不走，端上來的菜絕對不會一模一樣。

跟省城重開的多數舞廳一樣，簪花孃孃曾經出沒的東門洞洞，「一鍵燈光」暫時名存實亡，儘管黑屋子不再深不可測，而是頭頂兩盞微暗紅燈籠，罩住抱在一起蠕動的男男女女。周眼鏡點了一個三十好幾的重慶孃孃，豐滿，肉卻緊湊，不像有些孃孃一身上下鬆垮垮。她戴著媽媽戴的那類粗蕾絲繡花大胸罩，堅韌厚實，彷彿頂著兩個泛潮氣的荔枝殼。今天人太多，通風不夠，她渾身是汗，周眼鏡也一身油汗。她摟著他，他貼著她。他只感覺自己黏糊糊的汗液，透過也是黏糊糊的輕薄衣服，不僅跟她黏糊糊的汗液交合，也跟她之前跳過的所有舞客蹭在她身上的黏糊糊不分彼此。

孃孃在西安做過服裝加工，不是打工，是做小生意。西安也有舞廳，聽說也很火爆，周眼鏡說。對，她第一次去舞廳就在西安，一個晚上掙了一百八。那妳去過重慶的舞廳沒有？周眼鏡問。沒有，不好意思去，怕遇到熟人。做服裝加工不好掙錢啊，現在各方面的競爭太大了，還是舞廳掙錢容易，孃孃說，拉開一個荔枝殼，好讓周眼鏡感受她黏糊糊的結實乳房。

周眼鏡問孃孃打不打飛機。打，但不打炮，也不口爆，你要不要打嘛？還是下次吧，周眼鏡說，想起幾年前剛來洞洞那陣，一個外地朋友跟他半開玩笑半認真，你天天去砂，要注意身體哦。他們是不是以為他天天在裡面打飛機，隨時都像發情的公狗？

「這裡是男人的天堂、女人的銀號。」

「引號？妳說啥子？」周眼鏡沒聽清楚。

「我說這裡是男人的天堂、女人的銀號，我們缺錢就到這裡來提。」孃孃笑道。

「剛才有個男的好安逸哦，跟我跳的時候，他說從來沒有遇到過讓他這麼心動的女人，然後，他自己啊啊啊的，一邊叫著一邊就射了。」

「咋個射的？」

「他自己掏出來就射了，射到牆邊，我也沒有幫他。」男的六十三歲，孃孃沒想到還那麼厲害，「他的肌肉還很結實，他說他當過兵。」

「他自己射了，妳又沒有給他打飛機，那他也沒有多給妳錢哇？」

「當然沒有，可能這樣子他還覺得節約錢了。」

他們從這個啊啊啊自己就射了的舞客，聊到男人的持久度。她有個女友是廣西人，老公早洩。每次，這個老公都讓老婆洗得白白的等他回家，但每次還沒插進去，他就射了。那她咋個辦呢？「有情人嘛，家裡得不到就到外面滿足。」孃孃說。

「你戴的是N95哇？我買過十個N95，疫情最嚴重的時候，一百八，十個。」孃孃說。

周眼鏡說他的N95沒那麼貴，而且沒氣閥，五個不到五十元。

「你身上好香哦，你抹了香水哇？」孃孃問。

「妳的鼻子靈，戴起口罩都聞得到。」周眼鏡說。戴起口罩跳舞，他最不喜歡的，還不是透不過氣，而是嗅不到不同女人的味道，不管是啥子味道。

啊啊啊自己射了的老頭，六十三歲還是那麼厲害，周眼鏡在洞洞聽得多見得也多了。就像山大王幾個七老八十的常客，儘管他們未必啊啊啊自己掏出來射了，但周眼鏡見過他們抱著孃孃的樣子。他們就跟外面很多老年人一樣，是這個社會最無憂無慮的人，除了等死，沒有太多不得了的焦慮；他不同情他們，也不尊敬他們。

很多時候，去較遠的洞洞，周眼鏡都坐公車。好幾次，他看熟一個光頭大爺，是省城各家五元洞洞的常客。光頭大爺坐公車有老年卡，遇到車上人多，還有人響應車內廣播「尊老愛幼是中華民族的傳統美德」，給他讓座。前年一個下午，在一家現已關門的五元大舞廳，警察臨檢清場，老頭就是不走：「我坐在這裡喝茶有啥子關係，我都八十歲了，你們用繩子把我綁起走嘛。你們有本事，把全城的舞廳都關了嘛，你們做得到！」周眼鏡有點佩服老頭倚老賣老，他不敢這樣，儘管他可能比老頭還厭惡那些穿制服的人。

洞洞重開沒多久，「兩會」開了。壞事再度變成好事。今年，他們開他們的「兩會」，小弟弟和小妹妹（這是長髮狐媚去年告訴周眼鏡的），難得的因禍得福，也可繼續開自己的兩會了。一天午後，周眼鏡剛在山大王一股霉味的陰暗卡座坐下，家具城大叔走過來，大聲武氣：「嘿，好久沒有看到你了！」

這個大叔是瘟疫前周眼鏡在山大王認識的，家住南郊一個家具城附近。他們那邊沒舞廳，出來耍得趕早，有時一早就來，一耍就大半天。六十出頭，皮膚黑黑，瘦小結實，一看就是做體力活的，帶點郊縣口音，一口一個老子錘子，說話很快，比孃孃還話癆。每次見到，聽大叔講他咋個跟婆娘耍，周眼鏡覺得這比自己砂一曲還有意思。這次，或許久別重逢，或許在家慭久了，家具城大叔坐下來就這個婆娘長那個婆娘短，十多分鐘沒冷過場。

他說自己嫖了二十多年，啥子沒見過哦。他從不戴套，從沒得過病。戴啥子套哦，喊戴套老子就不幹。周眼鏡問他今天抱了幾個？五個，整了一個。耍了一百八十多塊錢，錢包裡只剩幾張一元票子，大叔掏出來給周眼鏡看。「就在那邊角角頭搞(3)。有些婆娘二十元都幹，三十元包吹。你看，剛剛走過去那個婆娘，老子跟她跳過，不要看奶奶那麼大，頂得多高，裡面塞的都是泡沫坨坨。她說她嫁給我，老子才不要妳呢。老子有婆娘，婆娘一年掙個幾萬塊錢沒得問題嘛，不像妳狗日的找不到錢。還有那個眼鏡婆娘，五十多了，她的兒在炒股票，裙子一撩開就可以搞。她這個年紀了，隨便你整。她收五十，嘿嘿嘿嘿。」

大叔一週要來幾次，每次一百多塊就這樣耍完了。但他覺得洞洞還是沒有他們那邊的髮廊便宜，一般只要三、四十塊錢，最多五十塊錢，就把你擺得稱稱展展的(4)，不像這裡還要買門票。那你為啥子還來洞洞？周眼鏡問。「想到這裡有空調嘛，還可以消耗一點兒時間。還有，那裡容易得病，這個也搞過那個也搞過，這裡要好些。」大叔的邏輯，不太經得起推敲。

「我們以前在外頭打工，做建築活路，走到哪裡整到哪裡，比如說內蒙，一路耍起走。我們那個老闆，你給他做完活路，他就喊你去嫖，給你報帳，就跟吃鴉片菸吃奶奶一樣，把你逗上癮。但是我有兩個朋友就死了。愛滋病。我沒得事。我給你說，不要找漂亮的，醜點兒的老點兒的反而沒得事，漂亮的接觸人多嘛。六十多歲有沒有問題？還搞得不？有個錘子問題，一下午搞兩個都沒得問題。」嫖了二十多年，你搞的有沒有一千個？另一個大叔問。沒有，但幾百個不在話下。

家具城大叔給周眼鏡看他手機裡的抖音影片，全是大胸脯孃孃或網紅美女，還有七十多歲生娃娃的老太婆，豬交配，狗配種。「你看，這個婆娘的奶奶長得好安逸。我要這個抖音，一個月都耍了一百多。太耗流量了，一個G要好幾塊，後來買了一張卡，隨便耍。」

一個孃孃過來了，將近六十，衣裙灰不溜秋，農村婦女模樣，大叔在洞洞的露水相好。「哎呀，好幾天沒有看到你了，簡直想你了，給我開個張嘛。」孃孃說。

3 角角頭就是牆角。
4 弄得舒舒服服的。

「妳想我了，妳想老子的錢了。好，給妳開張，天天給妳開張。」家具城大叔說。「天天開張，那不是批都日爛了，變成臭批了，不是香批了。哦喲，你今天還帶了一個徒弟來嗦。眼鏡兒，你說是不是。」孃孃狂笑道，以為坐在一旁的周眼鏡是跟大叔一起來的。

周眼鏡讓大叔和孃孃在他身旁摸摸捏捏，望向深水區前的液晶螢幕：「兩會」記者會，相貌堂堂凜然正氣的外交部長在念大國外交的稿子。他走到另一張茶桌旁坐下，繼續偷聽。一個六十來歲的大叔在講跟婆娘出去開鐘點房，事後洗完澡出來，地上有點滑，摔了一跤，自己爬了起來，婆娘都沒有過來扶他一把。「我當時就跟這個婆娘說，妳看到我絆倒，都不來扶一下嗦？我萬一絆死了呢？你猜那個婆娘咋個說，你還沒有絆死得嘛。」

四

可是，在這個國家活了半輩子，周眼鏡曉得，就像很多事情，壞事不會總是變成好事，有時甚至愈來愈糟，讓你根本看不到希望。因為瘟疫，「一鍵燈光」暫時消停，也不是他們放鬆「管理」，而是還來不及「深化管理」。燈黑燈亮，就像股票一樣難以預測，或像網上買機票，價格隨時浮動，你必須果斷出手，及時行樂，過了這一村，很可能就沒下一個店。

在洞洞鬼混幾年，周眼鏡也有點遺憾，最自由最淫亂的那段黑暗時空，他沒在深水區站個樁或打個背槍，因為，除了不能免於恐懼，就像家具城大叔，他也不喜歡戴套，喊戴套老子就不幹，但他又沒家具城大叔的膽量，人家嫖了二十多年從沒出過事，他不覺得自己有這運氣。

只有一次，在五元洞洞的深水區，周眼鏡試過一次不成功的口爆。人叢之中，一個輕熟女，當時看不清她的長相，後來更記不住，如他在日本AV中看到的痴女強制榨精，猛的拉開他的褲鏈，蹲在昏黑牆邊瘋狂吞吸。但他射不出來，不像周圍那些人，他只能接受免於恐懼的口爆。

盛夏，在帝都新發地，瘟疫發起新一輪反攻，好事變回壞事。省城洞洞的「解凍期」很短，重開，然後陸續重關，或關關開開，早春第一抹新綠，還沒機會肆意生長。

進門測體溫，幾乎每家舞廳都有，如同「一鍵燈光」，一度成了中國式敷衍，現在又是進洞必須，儘管還是像在過家家。

然而，即使量體溫，戴口罩，也不是每家洞洞都有運氣一直開著。新發地之後，有家十元大舞廳貼出通知，因為「疫情防控暫停營業」，比起去年貼的「檢修線路暫停營業」，好歹稍微像句人話。有的舞廳雖開，一開場就在限制入場人數，燈也亮得又像照相館了。有的舞廳運氣更差，便衣抓到舞女舞客現行，勒令關門。結果又像以前，有幸開著的幾家人頭湧湧。有天，周眼鏡跟長髮狐媚說起，她說：「抓啥子抓嘛，現在地攤都可以擺，還是讓大家掙點錢和消費嘛。」

一個悶熱下午，周眼鏡騎車在「羅馬」附近東轉西轉，山大王關門，另一家也關門，到了第三家洞洞門外才有音樂。雖是照相館，人卻不少。他看到山大王好幾個「老員工」（用一位舞客的話說），其中就有那位小個子大眼睛孃孃，他在山大王看熟了，幾乎每次，摟著恩客在牆角打飛機，她都低頭在親恩客乳房，一直親，讓你覺得她不僅親得賣力，而且真的喜歡親。大眼睛孃孃也把周眼鏡看熟了。在山大王，有那麼兩、三回，周眼鏡差點就跟她跳了，他甚至覺得，大眼睛孃孃跟他短暫對視的眼神在說：

「走嘛，去抱一下，讓我也親一下你的奶奶。」

但是，這天下午，舞池那麼亮堂，大眼睛孃孃顯然不敢親恩客的奶奶，而是跟一個高胖大叔跳起滿場飛的交誼舞。比起跟恩客跳交誼舞，她肯定更喜歡親恩客的奶奶，周眼鏡想。

「燈亮，是不是喚不起你的邪惡感了，是不是早曉得就在外頭開房搞了？」一個鬈髮披肩的氣質孃孃說，地道省城口音。等到山大王關了四、五天重開，全場透亮，周眼鏡跟這個孃孃跳了幾曲。他第一次跟她跳，還是前一陣燈黑，用孃孃的話說，他倆上次只打了幾個乾呵欠(5)，因為周眼鏡沒打飛機，戲稱昨晚才交了公糧(6)。跟氣質孃孃跳之前，周眼鏡有天坐她身旁，看她抽中華菸，用手機看股票，覺得這個孃孃比較洋盤，會想(7)。

這次，周眼鏡故意問她，今天燈為啥子這麼亮。「這幾天高考啊。」高考除了封

5 過乾癮。
6 這是省城男人的打趣，就是過了夫妻生活。
7 想得開。

路限行不准跳壩壩舞這些，關舞廳啥子事？「因為也要限制考生家長來舞廳嘛，免得你們這些人影響考生複習，總之，要營造一個氣氛嘛，過幾天就對了。」孃孃說，很淡定，彷彿洞洞燈亮，真的只跟高考有關。嗯，考生要是考得好，是不是錄取之後，也把老師喊來跳幾曲呢，就當謝師，周眼鏡開玩笑。

「你就不曉得，學生給起錢來才大方哦。」氣質孃孃說，又給周眼鏡講起上次說過的故事。有一次，一個十六、七歲的娃娃請她跳舞。娃娃說姐姐跳一曲嘛，她說你該喊我阿姨了，我不跟你跳，你太小了，我的娃娃都比你大了。但是娃娃又說，姐，你還是跟我跳嘛，我都是老鬼了，到處的舞廳，我都跟著大人去耍過。

於是她就跳了。想不到，娃娃老鬼不僅很硬，而且自詡可以忍著不射。姐姐不信邪，覺得你算啥子，我才是老砂魚，就在他的耳邊講故事：「我就跟他講日本黃片，老公上班去了，老婆在家就偷人，偷隔壁老王。老公剛走，隔壁老王就從陽台翻進來，兩個人就抱到一起，架勢親(8)……」最後，娃娃老鬼射了，說，姐，妳今天不是給我打出來的，是給我擺出來的。

周眼鏡想，娃娃老鬼這個事，氣質孃孃顯然得意，不然不會講兩遍，或許，跟其他恩客摸摸搞搞，她也把這當成調情妙方。他沒看錯她，抽中華菸，用手機看股票，還講葷故事，畢竟省城人，安逸慣了，就算跳舞掙錢，再咋個，也像那些真真假假的網紅文章寫的，需要講點生活美學。上次，氣質孃孃雖然沒在周眼鏡的耳邊講黃片，但她也說自己噴的CK香水，還說要是出去開房，就找情趣酒店，洗乾淨了，一人先端一杯紅酒，再來做愛。周眼鏡甚至覺得，氣質孃孃不差錢，就像幾年前，剛去洞洞不久，另一個本地孃孃給他說的，貌似輕描淡寫，她有房子，也不缺那點兒錢，來這裡耍，只是為了「找點兒感覺」。

不是所有孃孃都像氣質孃孃那樣瀟灑。有些孃孃，人老珠黃還在舞廳兜客，或許，就跟他聽一個大叔說的，底下水都沒得了，又停水又停電，要是再停氣，就喊瓦塌了[9]。周眼鏡很少請這些孃孃跳舞，但他之前很少想到，有些年紀大的孃孃，也不怎麼敢請相對年輕的舞客。瘟疫反攻之後，周眼鏡就在五元洞洞遇到一個六十左右的舞女，馬尾巴染得黃黃，即使燈暗，他也知道長相很醜。可是，這個孃孃一番話讓他不

8 架勢就是使勁。
9 完了。

安：「看到帥哥根本不敢請你，長得太帥了不敢請啊。耍安逸哈，帥哥，真的不敢請你。」他有些感動，不是因為孃孃誇他，而是不知所措。

高考之前一陣，因為東門幾家洞洞關門，山大王湧來不少陌生面孔。不管燈亮燈暗，這裡的人流高峰，通常在下午三點過後。這天，周眼鏡正午就來了，耍了三個多小時，跳了二、三十元，東看西看，到處偷聽，他覺得差不多了。

走之前，如往常那樣，他坐在陰暗卡座歇息。一個黑衣黑短裙的孃孃，相貌平常，身軀粗壯，乳房很大，露了一半，走路是很多鄉下女人那種步態，一拖一擺，從舞池那邊走來，坐到周眼鏡身旁。隔了幾分鐘，孃孃又像自言自語，又像跟周眼鏡搭話，說她站累了，過來休息一下。

好餓哦，孃孃說，上午十點她就來了，六點過吃的早飯，九點過在家吃了點東西就出來了，中午都沒吃，現在餓得很。

「那妳咋不出去吃點？」

「外面吃好貴嘛，還是回去弄算了。」她說，晚上煮稀飯，她喜歡吃稀飯，一年四季都吃稀飯。今天晚上，她想炒盤苕顛兒下稀飯。

孃孃說她第一次來山大王，家住東門那邊，有點遠，平時都在東門一家五元洞洞，那裡前一陣亮得很。但是，今天來這裡，她也沒掙到啥子錢，大半天才跳了二、三十塊。門票十五元，來回的公共汽車錢，這些扣下來，賺得不多。好餓哦。

「既然餓了，那妳早點回去做飯嘛。」周眼鏡說。

「這麼早走划不戳啊(10)。」孃孃說。

周眼鏡給了她十元，讓她去吧台買盒泡麵吃。孃孃收錢道謝，說你好好哦，人又稱抖(11)，又有氣質，穿得又時髦，唉，好人還是多啊，好人一生平安。但這十元錢，我要買好多菜哦，還是不買泡麵了。

周眼鏡有點尷尬，沒出聲。過了幾分鐘，孃孃突然說：「你坐過來，坐過來摸一下嘛，我不另外收你錢，你這樣我都不好意思了。」不不不，周眼鏡說，妳這樣我才不好意思。然後，孃孃伸出兩手給周眼鏡看，她的十指有些彎曲。風濕，她說，膝蓋也有，這麼些年，吃藥都吃了十多萬了。

10 划不來。
11 端正。

不像其他孃孃，她一個月只能跳十來天，每天可以掙個七、八十或八、九十。每天也只能跳一場，因為站久了站不得。

「我再去那邊站一下，你慢慢耍哈。」孃孃最後說，一拖一擺，走向最黑暗的地方。

二〇二〇年六月至七月寫於「羅馬」

洞洞政治學

「掃黑除惡，重拳出擊」之後，有家平時冷清的小舞廳，燈開始亮得像照相館，本有一些遮掩的舞池，平時可讓舞女舞客摸摸搞搞，現在重新調整，深水區或渾水區成了兒童戲水池，摻茶倒水的夥計和保安也掛上了工作牌。

一

英國作家毛姆的早期名作《雨》（*Rain*），寫了傳教士戴維森夫婦怎樣「拯救」一名風塵女子。故事發生在南太平洋，因為擔心船上爆發瘟疫，一眾乘客被迫滯留一個大雨不斷的小島。其間，言必稱信仰的戴維森夫婦，長年累月在這一區域傳教，以宗教為名，對「有傷風化」的二等艙乘客湯普森小姐軟硬兼施，想讓這個可憐女子「改邪歸正」。

《雨》的篇幅不長。毛姆的諷刺，精彩，不動聲色。戴維森充滿宗教狂熱，自認絕對真理在握，儼然上帝派駐世間的首席代表。他的偽善冷酷，可從他對原住民的態度見出。他看不慣他們的土風舞和簡單衣著。為讓這些不信上帝的「野蠻人」皈依唯一真神，戴維森把熱帶氣候下的衣不蔽體、跳舞和不去教堂定為罪惡：「我把一個女孩裸露胸脯定為罪惡，我把一個男人不穿褲子定為罪惡。」戴維森太太和夫君同仇敵愾，覺得原住民的舞蹈必然導致道德敗壞，並跟同船乘客誇耀：「在我們的教區，八年沒人跳過舞。」

在戴維森看來，湯普森小姐是個罪人，她的罪惡不言自明，包括衣著低俗，在旅店房間開私人舞會，勾引男人，傷風敗俗。罪人必須悔改，但這遠遠不夠，還得滿心歡喜接受懲罰。有了戴維森的狂熱感化，湯普森小姐罪惡的身體和靈魂，尤其後者，似乎有了轉變（transformation），哪怕戴維森暗中使壞，她必須登上下一班駛往美國本土的船，等待她的，可能是幾年的牢獄「改造」。

可是，戴維森自有一套動聽的「專業術語」：「我愛她，就像我愛我的妻子和我的姐妹。她在監獄的所有日子，我都會經受她所經受的所有痛苦。……她有罪，她必須受苦。我知道她要經受什麼。她要挨餓，被折磨，被羞辱。我希望她接受人類的這一懲罰，作為給上帝的一個奉獻。我希望她快樂接受。我們只有很少人得到她的這個機會。上帝非常善良，非常仁慈。」

以宗教救贖的崇高名義，如此詭辯、偽善和搶占道德高地，己所不欲必施於人，該是基督教或其他教一些衛道士或善男信女的拿手好戲。哲學家羅素曾說，不論新教、舊教，對性都懷有不同程度的敵意，哪怕正常的男女歡愛本質上也屬不潔，更不要說「罪惡淵藪」的娼妓。英國歷史學家大衛・吉爾摩（David Gilmour）的新著《英國人在印度》（*The British in India*），其中一章講到傳教士在印度的功與過。如同毛姆筆下的戴維森，十九世紀來到印度的一些西方傳教士，不僅想讓信奉印度教的「阿三」覺得自己有罪，也不會放過「貪圖淫樂」的所有「罪人」；他們的舉措，跟戴維森異曲同工。

大衛・吉爾摩寫道，一八九〇年代，孟買一個午夜宣教會在美國傳教士的帶領下，來到孟買的紅燈區「淨化環境」。這些虔誠的「孟買群眾」，在紅燈區的大街來回巡邏，到處敲門，還在妓院外唱聖詩，甚至叨擾出沒該區的「紳士」，把他們的大名公布在一份期刊上，並把刊物寄到「紳士」所在的俱樂部。有了「群眾」舉報和「媒體」曝光，這些「道德敗壞者」的狼狽可想而知。

今天，有宗教背景的衛道士，除了塔利班和「伊斯蘭國」這類基本教義派與極端主義者，或許不那麼有攻擊性，或許不會像毛姆筆下的戴維森和虔誠的「孟買群眾」那樣，對他人「自甘墮落」的權利妄加干涉（比起政教合一或集權專制社會，司法相對獨立的國度，「墮落者」是否違法，自有法庭裁決）。但在他們的辭典中，有違「倫理道德」的性交易，還有同性戀和變性者等等，仍是洪水猛獸；無論教內教外，都是需要改悔的罪人。

在這方面，中國的一些基督徒，不分教派或是否「三自」(1)，活在一個沒有合法的性產業和性工作者的人權毫無保障的國度，似乎尤其脆弱。上網一查，就連基督徒該不該出入歌舞廳這類「灰色地帶」，也是衛道士們憂慮的問題。一個宣講福音的公號，這樣告誡善男信女：

「迪廳、舞廳、歌廳、酒吧等這些地方，多沾連色情服務。而且很多人去這些地方名為『放鬆一下』，實為放縱自己。在這裡面，眼目的情欲，肉體的情欲，都可以肆虐。很多青年人都為了追求感官的刺激，才到這些地方去。像迪廳、歌廳裡放的音樂，領舞都有具有讓人放縱的成分。可以說這些地方對於基督徒來說，萬害無一益處。路9:62主耶穌說，手扶著犁向後看的，不配進神的國。我們當一心追求聖潔的生活，當棄絕罪惡的生活，所以我們基督徒當禁止去那些地方。」

另一個福音公號，講到基督徒春節回家，若是遇到朋友邀請去歌廳舞廳該如何應對。這個公號的答覆或訓誡稍長，意見也相對分歧，但是，在我這個註定要下地獄的無神論者眼中，也更有喜感：

「一位成都的朱姐妹認為，面對朋友邀請去歌廳、舞廳，基督徒是可以去的，沒有什麼影響，只要思想肉體不犯罪是沒有問題的。另一位成都的張弟兄覺得基督徒是可以去的，主要是心，行為是由心發出的，心裡不犯罪，自然就能行得好，經上說要

1 一九四九年中共建政後，推行中國基督教的「三自愛國運動」，所謂「自治、自養、自傳」。中國政府只承認不受境外教會管轄的「三自愛國教會」。不過，中國現在也有不聽命於官方的民間教會，一般稱為「家庭教會」或「地下教會」，通常受到當局打壓。

保守你心，勝過保守一切。」

反對一方的看法，喜慼則更爆棚。黑龍江一位「姐妹」說：「污穢之地，宴樂之地，不是基督徒該去的，以色列人在外邦之地思念耶路撒冷，而我們基督徒卻常常不能拒絕世界的誘惑。若是怕傷害同學，那麼就不去那些場合，可以在家裡邀請同學們，和同學們在一起若是不能大膽傳揚神的福音，那麼就沒有去的必要。我們永遠不能忘記自己的身分——天國的子民，那麼就知道如何在世界中處事為人。需要明白愛神的人該是怎樣的，我們怎能在外邦唱外邦的歌呢？」

天國的子民？這個自許，表面謙卑，實則充滿傲慢和優越感，很像毛姆筆下的戴維森：「我們只有很少人得到她的這個機會。上帝非常善良，非常仁慈。」然而，這些子民彷彿溫室裡的花朵，在他們眼裡，魔鬼無處不在：「現在的時代當中，那些歌廳、舞廳都是魔鬼掌權的地方，如果不注意，就很容易陷入試探，最好能避免的就避免，禱告求神保守。」這些子民對音樂的見解也很偏狹，一位「唐姐妹」說：「不是所有音樂都有精神食糧，有些音樂會誘導人犯罪，願神賜給我們智慧。」或許，在她看來，只有聖詩才稱得上精神食糧，只有歌舞廳都變成禮拜堂，才是對上帝的奉獻。

「魔鬼掌權的」歌舞廳，更不要說其他「罪惡淵藪」，當然不是一本正經、一塵不染、整潔有序的清教烏托邦（不論何種清教）。混跡歌舞廳的各色男女，絕大部分，如果有罪，他們的罪，不過為了生存，為了活得稍稍不那麼艱難，為了一點低俗的快樂，為了暫時滿足一下最基本的欲望，哪怕只是虛假的撫慰。歌舞廳的男性客人，歌舞廳謀生的女人，除了「不道德」的已婚者，也有單身者、離異者和未婚者，更有風燭殘年的老者和半老徐娘。他們或許過不了清教徒那樣高居雲端的「屬靈生活」，但他們既不是魔鬼，也不是罪人；即有小惡小騙，與其說見證了「上帝」的不完美，不如說見證了人性。

如果我是上帝，如果我是「天國的子民」，我會真心為這些「罪人」祈禱，願他們的孤獨、憂慮和飢渴暫得緩解；願他們在這個偽善和殘酷的世間，活得稍稍好一些，因為生命只有一次，沒有天堂，也沒有地獄；願他們以這樣「墮落」的方式，繼續相互幫助，各取所需，不再屢屢經受各類強權和「不可抗力」的攪擾；願他們在這類「污穢之地」，關起門來玩得開心，只是不要得病；願女人裸露的胸脯和大腿，不論青春少艾，還是半老徐娘，永遠都是生命和快樂的源泉，就像有一天，在山大王的巢穴，一個孃孃告訴周眼鏡，有個七十好幾的老頭，每次打電話約她來，每次都給她一百塊，還給她按摩肩膀。但他不亂摸，也不亂來，就喜歡摸摸她的腿。「他喜歡我的腿。」

阿門。

二

已故李志綏醫生在他那本有爭議的著名回憶錄中寫道，一九五五年勞動節，毛澤東在天安門城樓看完慶祝煙火，回到了中南海。李醫生「以為這下可以回家了，不料毛還舉行了一場舞會。這真使我大吃一驚。解放後，跳舞場就因其頹廢和具資本主義特色而被全面禁止。但在中南海的深宮朱牆內，毛內住地西北的春藕齋，每週末有一次舞會；一九六〇年以後改為星期三、星期六晚各一次」。

據李醫生回憶，那晚的伴舞者，是警衛團政治處文工團的女孩子們。伴奏者，「原來由中央辦公廳的幹部組成臨時樂團，後來改由專業文工團樂隊伴奏。」舞曲多是民歌小調，李醫生並未列舉曲名，我猜該是從前流行的〈彩雲追月〉、〈雨打芭蕉〉之類。「有時舞曲音樂會戛然停止，換上北京戲曲的小調。」〈蘇三起解〉的小過門奏起，「舞場內立時沸騰起來。毛和著小調，跳起他獨一無二的西洋舞步。」但是，李醫生依然沒有具體描述毛的舞步怎樣獨特，只說「遲緩而笨拙。毛跳完舞後，喜歡和女舞伴聊聊天，但馬上就又換上下一個女孩」。

李志綏醫生一九四九年以後才「參加革命」，繼而成為深宮朱牆內偉大領袖的「保健醫生」。如果他的這段回憶可信，第一次得見中南海春藕齋的交誼舞會，他的吃驚可以理解。李醫生當時可能並不知曉，「舊社會」那類舞會或跳舞場，譬如上海灘大名鼎鼎的百樂門舞廳，儘管「頹廢和具資本主義特色」，已被「當家作主的勞動人民」摒棄，但在一九三七年的延安，西方資產階級腐朽墮落的交誼舞，差點也把「革命聖地」變成了一個跳舞場，而且引起軒然大波。

關於春藕齋舞會和延安舞會，中共防火牆內，可以搜出一大堆簡體中文連結。這些文章的語言，讀來令我不快。李醫生的回憶錄，尤其寫到毛的私生活這一部分，可信度準確度雖應質疑，但是，網上這些同類題材的文字（包括掃描的報刊文章），要麼是歌功頌德的體制文人或紅朝近臣所寫，要麼是半遮半掩的小報風格，它們的真實性客觀性，更讓我懷疑。相比而言，露絲・普萊斯（Ruth Price）的美國左翼記者史沫特萊傳記《史沫特萊的多重生活》（*The Lives of Agnes Smedley*），也有寫到延安舞會及其始作俑者史沫特萊，敘述或引述較為平實和全面。而且，這些跟跳舞有關的紅色八卦，就像某些基督徒不知道該不該進歌舞廳，在我這個不敬一切神明的人眼中，也是喜感滿滿。

用一位美國訪客的話說，一九三七年的延安，就像一個童子軍營地，只有少數中共首領有家有室，其他人都是忙於「革命事業」的百分百清教徒。得知延安的性苦悶，另一位到訪的美國記者脫口建議，共產黨人輕而易舉就可把五百個女人運來延安，毛則答曰，運輸費太貴了。鼓吹自由戀愛（free love）的史沫特萊，滿懷一廂情願的國際主義浪漫來到這裡，也讓朋友給延安寄來幾百個小號的子宮帽和避孕膏。但是，打開這些包裹時，她正好不在場。避孕膏遇水即溶，延安的革命同志以為那是吃的，把這些湯糊糊喝進了肚子。

在黃土高原安頓下來，史沫特萊也托人把她的唱機和唱片從上海運來童子軍營地。這，應該就是延安舞會最初的「音響設備」了。史沫特萊的私人舞會，一開始限量尊享，只有一些中共首領參與。她的動機，大概是想挑戰這個性壓抑和性苦悶的革命清教大本營。她的豪放作風，不避男女大防，即在西方也非尋常，已讓康克清等中共首領的妻子看不順眼。但在史沫特萊眼中，這些革命妻子，保守僵硬，從一而終，都是「封建頭腦」，她甚至跟她們的丈夫打趣，如果男人不能從女人的壓迫下解放出來，他們可能也無法解放中國。

一九三七年三月末，四十四歲的史沫特萊把延安的窰洞變成了洞洞舞廳。伴舞的唱片音樂很洋氣，〈紅河谷〉、〈在老斯莫基山上〉，等等。洋人孃孃教跳舞，至少也得洋民歌，不像後來的「翻身農民」敲著腰鼓繫著紅綢狂扭秧歌。朱德、周恩來和賀龍等人，都是史沫特萊的學生。在共產國際顧問李德住的窰洞，她教賀龍跳狐步舞。「夥計，他能跳狐步舞！」孃孃後來告訴同為左翼記者的同胞斯諾（Edgar Parks Snow）。她喜歡的朱德，雖然怕老婆，也來她的窰洞學跳舞。「他跳得很好，畢竟去過柏林。」孃孃很為學生自豪。

史沫特萊的唯一遺憾，是她「尚未『腐蝕』毛，但我很快會這麼做。他說如果他去了國外，他要去學跳舞和唱歌——他想學最新的狐步舞！我覺得他要是這麼做，就應該離開他在這裡的妻子。」毛那時的妻子是賀子珍，她和朱德的妻子康克清強烈反對跳舞。到了五月，洋人孃孃在延安，愈來愈不受這些革命女將的歡迎。她也覺得，這些「封建頭腦」視「跳舞為一種公開的性交」，但她不care。所有女人都反對跳舞，所有男人都贊成跳舞，就連毛都說，女人反對，是因為她們跳不來。

糟糠之妻的「封建頭腦」加革命清教徒思想，當然不是時髦新女性的敵手。史沫特萊的交誼舞，或許沒能「腐蝕」毛，來到延安「參加革命」的國統區女文青吳莉莉（Lily Wu），青春貌美，既善演出，又通英文，還能翩翩起舞，卻讓幾年後即將升起的紅太陽有了七年之癢。關於這段八卦，一九三七年六月一個晚上，毛怎樣走進莉莉吳的窰洞，滿懷醋意的賀子珍拎著長柄手電筒怎樣尾隨而來，然後怎樣對莉莉吳和隔壁窰洞趕來勸架的史沫特萊破口大罵動手撕扯，網上有很多繪聲繪色的描述，多半抄自斯諾的版本，然而斯諾，肯定也是事後聽來，具體過程和真實言語，早已無從查證。

不過，賀子珍痛罵丈夫、莉莉吳和史沫特萊的幾句話，若是當成小說或劇本的台詞來讀，還是很有畫面感，充滿世俗或市井生活的潑辣味，更給這個革命清教大本營的紅色歷史增添了無窮喜感。譬如：「混蛋！你竟敢欺騙我，溜到這個小資產階級舞女的家裡來。」或者：「舞廳的臭婊子，妳大概和什麼男人都勾搭，甚至欺騙主席。」或者：「帝國主義分子！都是妳鬧出來的。」一切，都是跳舞惹的禍。毛姆筆下的傳教士戴維森的太太覺得，跳舞必然導致「道德敗壞」，就這一點，她說得沒錯，不管土風舞還是交誼舞，跳舞不僅「腐蝕」「野蠻人」，也「腐蝕」革命領袖，或用中國人的套話，英雄難過美人關。

延安的舞會並未因此劃上句號。洋人孃孃和莉莉吳雖被禮貌請出童子軍營地，過了一陣，舞卻照跳。根據網上一篇文章，延安的跳舞場此後遍地開花，甚至還有新年化裝舞會。當然不是王子與灰姑娘那樣的城堡派對，更不是「舞廳臭婊子」勾搭男人的搔首弄姿，「在灰色一片的制服中間，從大城市新近來到的女同志們將上衣腰身收緊，紮上皮帶，就顯露出優美的身體曲線。」用今天的省城洞洞舞廳隨處可見的「掃黃打非」警示標語，這該算得「健康向上的娛樂」了，而且「舞姿端正，著裝大方」。不管怎麼說，延安的舞會，多少可以消解革命清教徒的性壓抑和性苦悶，尤其對於那些沒有家室的普通「革命戰士」。史沫特萊孃孃事後若是知曉，應該欣慰她的努力沒有白費。

延安的舞會，據說一九四二年「整風運動」之後宣告終結，扭秧歌取代了交誼舞。一九四九年，歡天喜地的秧歌，從黃土高原扭進北上廣這樣的都市。以百樂門為代表的「舊社會」跳舞場，還有舞廳的臭婊子和小資產階級舞女，都被掃進「歷史的垃圾堆」；即有舞會，跳的肯定也不是狐步舞之類，而是革命集體主義的起舞和革命同志的聚會，跳的該是蘇聯「老大哥」那樣的傳統交誼舞。但這樣的舞會也不長久，到了一九六六年，不管春藕齋還是什麼齋，可能只有獻給偉大領袖的忠字舞可跳了。毛姆筆下的戴維森太太跟人誇耀：「在我們的教區，八年沒人跳過舞。」她算什麼，小巫見大巫。

遺憾的是，延安舞會的始作俑者史沫特萊，一九五〇年病逝倫敦。孃孃若是活得久一些，應該跟「中國人民的老朋友」愛德加·史諾一樣，成為中南海的座上客，說不定也會親歷春藕齋每週兩次的深宮舞會，跟偉大領袖和從前的學生們再舞一曲。孃孃若是活得再久一些，以她新聞記者的靈敏，以她革命浪漫主義和國際主義的豪放性情，或許還可給李醫生的回憶錄多少做個旁證或反證，看看這樣的描述，究竟是李醫生別有居心的編造，還是真有其事：

「中南海春藕齋重新粉畫裝修，晚會的場所由暫時遷移到懷仁堂內北大廳又回到春藕齋。春藕齋舞廳旁新修了一間『休息室』，裡面放了床鋪。我那時仍是每場舞會必到。常在舞興正酣的時候，大家都看見毛拉著一位女孩子去『休息室』。待在裡面，少則半小時，長則一個多小時。」

三

史沫特萊說，延安那些革命黃臉婆，覺得「跳舞為一種公開的性交」，這倒印證了將近半個世紀後省城興起的洞洞舞廳。但是，洞洞舞廳不是延安舞會的延續，更像上海灘的百樂門那類舞廳死灰復燃，儘管洞洞舞廳的消費，尤其最低端的場所，比較接近坐在街頭茶館喝一杯五元的茶，順帶吃點過路小販叫賣的豆花涼麵之類小食，或是坐上街邊矮凳，擼它幾十上百根重辣重油的串串。

洞洞舞廳，也不是深宮朱牆內春藕齋舞廳的翻版。即使周眼鏡去年看到的省城個別舞廳，舞池旁用布簾隔出一間擺了沙發的漆黑「休息室」，談妥價格的男男女女，可到裡面胡天胡地，那也更像廉價和平民的性快餐，或像不用打濕頭髮的十元快剪。因為這個國家並無合法的性交易和性場所（不論何種檔次），跳舞，尤其砂舞，就成了草根階層在外尋歡的性交（還有口交和手淫）前戲。舞池雖然漆黑一團，或者燈光朦朧，但這的確也是「公開的性交」，就像一位五元舞女告訴周眼鏡的：「他們在直播。」

另一邊廂，一九七〇年代後期以來，奉行革命禁欲主義和革命清教主義的中共，從上到下，出於多種算計考量，雖然放鬆了對世俗生活的全面管控和禁錮，對於灰色地帶的「涉性」行業（包括舞廳），常常睜一隻眼閉一隻眼，既不敢當作「德政」公開誇耀，也沒像毛時代那樣趕盡殺絕，但是，舞廳這類新興的「藏污納垢」之地，仍是當局歷年來不斷想要「規範管理」的一個公共空間。

到了習近平的「新時代」，不論虛擬還是現實，不論精神還是肉欲，中國社會近乎所有的公共領域，都在急劇收縮，並被納入技術極權主義國家「網格式」的「綜合治理」。運動一波接一波，以「打老虎」為藉口擺平了諸多政敵，整肅了包括維權律師在內的自由派知識分子和挑戰當局威權的民間公益、宗教等社團，且把上百萬受到「極端主義荼毒」的新疆穆斯林關進「學習班」之後，從去年開始，藉著整頓中共基層政權機構，又有為期三年重點針對民間社會的「掃黑除惡」，所謂「有黑掃黑，無黑除惡，無惡治亂」。

洞洞舞廳，歷經當局的多番「掃黃」和「嚴打」，儘管前些年那樣的興盛不再，甚至少為人知，或被視為部分都市中老年人的落伍娛樂，並非官員富賈一擲萬金的高檔夜店或私人色情會所，顧客多為草根階層，以此為生的女子，多半別無長技，卻也在劫難逃。草根民眾廉價的性快餐，關起門來「公開的性交」，似乎又要走到盡頭。「掃黑除惡，重拳出擊」之下，洞洞舞廳正在經受的新一輪「整治」（或許屬「無惡治亂」），儘管不像多年前，沒人因為「流氓罪」而遭公審遊街處以極刑，「整治」手段，卻更有財大氣粗的技術極權主義之底氣和效率，也更為嚴苛。

譬如，今年夏天，省城「主管部門」要求所有洞洞舞廳實行「一鍵燈光」（也就是不再有一片漆黑的砂舞池），張貼「監控運行，注意言行」等統一製作的「警示提示標識」，等等。網上一則區級文化體育旅遊局官方公號的相關報導，也讓我想起英國作家歐威爾的反烏托邦小說《一九八四》：

「為依法規範全區歌舞娛樂場所經營秩序，全面營造健康文明的文化娛樂環境，不斷提升人民群眾獲得感、幸福感、安全感和滿意度，區文體旅局扎實開展歌舞娛樂場所專項檢查整治行動。……將加強執法檢查力度，採取明查暗訪與突擊檢查相結合、定期檢查與錯時巡查相結合的方式，依法開展檢查整治工作；同時積極協調公安金牛分局和相關監管部門，強化聯合檢查整治，依法從嚴查處違規經營行為，進一步規範歌舞娛樂場所經營秩序，營造健康文明、充滿正能量的文化娛樂環境。」

這些乏味而又堂皇的文字迷宮和官僚措辭，就是歐威爾在《一九八四》之中寫到的「新話」（Newspeak），讀者必須從反面理解。「提升人民群眾獲得感、幸福感、安全感和滿意度」，實則假借威權主義的相關「法律」，審查和限制草根民眾的「低俗」娛樂，並且影響不少從業女性的收入，非但不能提升，只會降低「人民群眾」的「獲得感、幸福感、安全感和滿意度」。這一情形，若是拿來比較《一九八四》描寫的反烏托邦社會，既有穿越式荒誕喜感，也能見出兩者異同，你甚至可以說，某種意義上，中國的社會現實，可能比《一九八四》更魔幻。

《一九八四》之中，歐威爾虛構的英社黨（Ingsoc）一黨專政的大洋國（Oceania），君臨一切的獨裁者「老大哥」，雖也實行禁欲主義清教主義，嚴禁普通黨員嫖妓或濫交（核心黨員或高級黨員非但不受限制，還可關閉家中全天候的監控電幕，享用普通黨員聞所未聞的紅酒和上等香菸），但對「低端」和「無知」的無產者或普羅大眾（proles），黨的教條並不適用。「濫交不受懲罰，離婚可以允許。為此，甚至宗教崇拜都可允許，只要普羅們有任何需要的跡象。……正如黨的口號所說：『普羅們和動物們是自由的。』」黨對普羅們的要求很低，只需要他們有一種原始的愛國主義。

英社黨的普通黨員，違反黨紀跟妓女往來，雖然危險，但並非事關生死。黨員若被逮到跟妓女廝混，頂多就是五年勞改營，但你若夠機靈，不被抓到現行，那就沒什麼。在大洋國的首都倫敦，「較為貧窮的街區，都是準備出賣自己的女人。有的用一瓶金酒甚至就可買到……黨甚至心照不宣地傾向於鼓勵賣淫，作為無法徹底壓制的本能之一個宣洩。單是縱欲無傷大雅，只要偷偷摸摸和缺少快樂，僅僅涉及低下與被鄙視階層的女子。不可原諒的罪行，乃是黨員之間的濫交。」讀過這部小說的人都知道，「思想反動」的普通黨員溫斯頓和朱莉婭之間的情愛，就讓他倆付出了慘痛代價。

比起跟動物一樣自由的大洋國普羅，中國的普羅若被逮到「賣淫嫖娼」，包括在舞廳裡面「公開性交」，就沒那麼好彩。依照《中華人民共和國治安管理處罰法》，「處十日以上十五日以下拘留，可以併處五千元以下罰款；情節較輕的，處五日以下拘留或者五百元以下罰款。」普羅們和動物們是自由的，但那是在大洋國。當然，如同英社黨的黨員，中共黨員違反黨紀跟妓女廝混，雖然危險，卻也並非事關生死，但你若夠機靈，不被抓到現行，那也沒什麼。不同於英社黨的，甚至不同於某些基督徒不知道該不該走進「魔鬼掌權」的歌廳舞廳，乃是中共對黨員的禁令更有荒誕的喜感，雖然英社黨和中共有諸多相似，如同戴維森那樣的傳教士，不僅要管黨員的精神，也要控制黨員的肉欲。

譬如，上網一查，你會找到幾份並非機密的中共文件，從標題到正文，充滿歐威爾式的新話：〈中共中央紀委辦公廳關於共產黨員接受異性按摩如何處理的答覆〉、〈中央紀委關於對共產黨員參與以財物為媒介的手淫、口淫活動應如何處理的請示的答覆〉。這類文件，措辭雖然讓你覺得恍若隔世，但並非出土文物，而是依然有效：

「共產黨員參與這些活動，是思想意識極其腐朽墮落，喪失共產黨員條件的表現，都應按照賣淫嫖娼錯誤給予開除黨籍處分。」「在上述場所[2]接受全身性或其他色情性的異性按摩的，給予黨內警告、嚴重警告或撤銷黨內職務處分……在上述場所接受異性按摩中與按摩人員發生性關係的，以嫖娼論……在上述場所接受異性按摩中，雖未與按摩人員發生性關係，但有猥褻、侮辱婦女或進行其他流氓活動的……按進行流氓活動定性處理。」

共產黨員應不應該接受異性按摩（包括出入歌廳舞廳），「參與以財物為媒介的手淫、口淫活動」，參與者是否「思想意識極其腐朽墮落」，這些活動是否屬「流氓活動」，這個定義既有喜感又具爭議的判斷，就跟毛姆筆下的傳教士戴維森把一個女孩裸露胸脯和一個男人不穿褲子定為罪惡，教內（黨內）人士和教外（黨外）人士，或者衛道士、保守派和自由思想者，肯定標準不一。就像本文前面所寫，比起政教合一或集權專制的社會，司法相對獨立的國度，對性行業性交易有明確界定和法律保護的開放社會，「墮落者」是否違法，自有法庭裁決。還有，「墮落者」若是瞞著妻子

2 包括歌廳舞廳。

或伴侶跟妓女（包括男妓或變性者）廝混，那也只是妻子或伴侶最有「懲罰」的權利。把黨紀和法律結合起來懲罰「墮落者」，很像戴維森的作法，狂熱洗腦加上牢獄「改造」，不僅要讓風塵女子湯普森小姐覺得自己有罪，還得讓她滿心歡喜接受懲罰：「我們只有很少人得到她的這個機會。上帝非常善良，非常仁慈。」

奧歐威爾筆下的「老大哥」，知道人的本能無法徹底壓制，其實更善良更仁慈，因為大洋國的普羅們和動物們，至少是自由的，濫交不受懲罰。中國的普羅們，也有無法徹底壓制的本能，卻沒有大洋國的普羅們那麼自由，因為有拘留加五千元或五百元罰款；或許，在這方面和其他方面，中國很多普羅們，除了以原始的愛國主義變相宣洩，還會愈來愈不自由。當然，最不自由的，還是大洋國和中國的黨員們，五年勞改營，或者，「按照賣淫嫖娼錯誤給予開除黨籍處分」，還得屈尊跟普羅們享受同等待遇：拘留加罰款。除非他們夠機靈，不被抓到現行。

四

然而，在一個各類形式的「檢舉揭發」再度受到鼓勵的國度，比起「有關部門」的「綜合治理」或「專項鬥爭」，比起毛姆筆下的傳教士和史沫特萊眼中的延安革命女將，比起十九世紀在孟買紅燈區巡邏的基督徒衛道士，一些身分難明的「革命群眾」，不僅長期把洞洞舞廳這類灰色地帶視為洪水猛獸，抑且必欲除之而後快，他們的敵意或仇恨，甚至比《一九八四》中的「老大哥」還要「老大哥」，他們的措辭，也比大洋國的新話還要新話。

「懇請省政府徹底肅清這些社會毒瘤」，這是某個衙門網站「領導留言板」的一則「群眾」留言，時為今年八月。「我想舉報以下舞廳」，這位匿名而且性別不明的「舉報群眾」，隨即列出「社會毒瘤」的危害：「為賣淫嫖娼提供極大便利」；「嚴重違背社會主義核心價值觀，導致社會風氣低俗化」；「危害社會家庭和諧，舞廳舞女以色相引誘男士，不少男士沉淪其中，拋妻棄子，傾家蕩產，上演人間悲劇」……

如何「肅清這些社會毒瘤」，「群眾」的「懇請」，幾乎可以讓你窺見新話後面那張不論性別的臉，咬牙切齒，正義凜然：「這幾家色情陪侍舞廳的醜惡現象與黨中央構建社會主義和諧社會背道而馳，以上信息句句實情，省委政府可以專門核實，懇請省委省政府痛下決心，開展專項整治嚴厲執法，效法蘇州、西安等地雷霆行動，徹底關閉上述幾家砂舞舞廳，還社會一個風清氣正，還百姓一個公道民心。」

我當然無從得知「省委省政府領導」有沒有「痛下決心」。不過，「舉報群眾」提到的一家紅火的十元砂舞廳，今年七月底被迫關門以來，的確至今沒有開門。每次路過那裡，只有一個穿著「秩序維護」背心的年輕保安坐在門口，閒得無聊的留守人員，夥同街邊等客的二三電動摩的，偶爾給前來問詢的「老砂魚」或「新砂魚」指路：「另外一家開起的，去那裡嘛。」另外一家，遠在市中心之外，也是這家的分店。老闆的「實力」看來比較雄厚，換成其他小舞廳，譬如市中心另一家也很紅火的五元洞洞，去年底和今年初，開開關關，最後只有倒閉。

這位「舉報群眾」，看來還不只是憑著道聽途說就給「領導留言」的衛道士，顯然有過一番「調查」或「暗訪」，年紀估計也有一把，因為：「二十多年來，有關部門也曾收到各類舉報，進行部分檢查打擊，但往往停業幾天又重操舊業，民間認為是老闆關係都很好，有門路，所以怎樣檢查都沒事，嚴重損害黨委政府形象，一些調查暗訪不敢面對事實，走過場流於形式，人所共知的這幾家舞廳有償陪侍、涉黃涉黑居然視而不見。」

洞洞舞廳有沒有「關係」和「門路」？在一個凡事依然離不開「人情」的國度，開一爿街邊雜貨店（更不要說「涉黃」），都得面對各類和各級權勢的「綜合治理」，其中乾坤，恐怕無需解釋。只是，洞洞舞廳的經營內情，不僅像中共高層的政治鬥爭那般諱莫如深，更像舞廳的深水區一樣，伸手難見五指，甚至比深水區還要深水區。局外人難以探知這些「內幕」。你從舞客或舞女那裡聽聞的，或者，偶爾聽到舞廳保安或服務生漏出的隻言片語，多半無從查實。

這些不時會有的傳言，也跟軍人政權統治時代的緬甸一樣，因為資訊封閉毫不透明，民眾只能依靠小道消息猜測諸多動向；不論以訛傳訛，還是無風不起浪，大多充滿離奇色彩。譬如：哪家舞廳又被罰了多少萬（我去年聽到的一則傳言，罰款數額竟然高達八十萬），老闆給不起，只好不開了；哪家又開了，罰了二十萬才開的；哪家的砂舞池，本來一團漆黑，新添了幾盞較亮的紅燈，那是街道辦和派出所要求裝的，如果查到關燈，關一盞燈，就罰多少萬；哪家的後台老闆在某某公安分局上班，風聲最緊的時候都不咋個關門。然而，有的洞洞，的確就開在派出所或街道辦的近旁甚至隔壁，頭腦再簡單的人，難免也會浮想聯翩。

前兩年，德國有一部製作精良的電視劇集《巴比倫柏林》（*Babylon Berlin*），講的是納粹德國「和平崛起」之前的威瑪共和國，交織社會、政治、革命、情色和犯罪等橋段。《巴比倫柏林》的年輕女主角夏洛特，出身貧寒，個性不羈，為了生存，白天在警局打零工，夢想做一名調查警員，晚上則去柏林一家「低俗」歌舞廳跳舞，也帶客人去舞廳地下室「變態淫亂」。出入這家洞洞的，既有便衣警察和政客，也有間諜、商人和殺手。威瑪時代的柏林，遠比「踐行社會主義核心價值觀」的省城開放自由或「放蕩墮落」。看到警長和探員也像夏洛特那樣，工作兼享樂混跡其間，我會想到省城，更會想到省城洞洞那些變幻莫測的開開關關（或用舞廳內部套話，什麼時候開門，「等上級通知」），或許，除了上述將信將疑的傳言，還有普通人永遠無從知悉的權錢交易。

不論何種國度，「涉性」行業理應監管，嚴防火災等安全意外，警惕愛滋病和其他性病，禁止毒品氾濫、黑幫跋扈和未成年者涉足。不過，中國當局前些年頒布的相關法規，《娛樂場所管理條例》和《娛樂場所管理辦法》（前者由國務院發布，後者由文化部發布），新話連篇，依舊充滿中國特色或歐威爾式荒誕喜感。在技術極權主義如日中天的當下，控制，或者害怕失去控制，仍是中共政權最痴迷最執著的幾個字。這些條條款款（除了涉及政治審查的幾條絕無放鬆），雖像公眾場合無處不有的「中國夢」宣傳欄或禁菸標誌，平時沒有太多人真把它們當成一回事，然而關鍵時刻，譬如遇到「專項整治」，就可威力大發，緊箍咒狂念，殺傷力十足。

譬如，《娛樂場所管理條例》第六條規定：「外國投資者可以與中國投資者依法設立中外合資經營、中外合作經營的娛樂場所，不得設立外商獨資經營的娛樂場所。」洞洞舞廳當然屬娛樂場所，而且涉及中共當局管控最為嚴厲的文化領域，第十三條的諸多禁止，也就不出奇了：「國家倡導弘揚民族優秀文化，禁止娛樂場所內的娛樂活動含有下列內容……[3]」所以，拋開是否會有商業前景不說，你絕對不會看到讓當局

3 這些禁止無需在此列舉，多數涉及政治、民族、宗教和道德等範疇，而且定義寬泛。

難以全面控制的外資前來經營舞廳，更不要想像威瑪時代自由開放的柏林洞洞會在中國變身復活。

在我看來，《娛樂場所管理條例》第十八條的規定，最能見出技術極權主義的文化審查和思想控制，無所不包，絕無遺漏：「娛樂場所使用的音像製品或者電子遊戲應當是依法出版、生產或者進口的產品。歌舞娛樂場所播放的曲目和屏幕畫面以及遊藝娛樂場所的電子遊戲機內的遊戲項目，不得含有本條例第十三條禁止的內容(4)；歌舞娛樂場所使用的歌曲點播系統不得與境外的曲庫連接。」

這條規定值得一說。僅以省城為例，五元洞洞或十元舞廳，伴舞的音樂和歌曲，不僅無膽或無需「與境外的曲庫連接」，也跟街頭巷尾的廣場舞沒有太大差別。這一喜感、荒誕、詭異和可悲在於，不論廣場舞，還是交誼舞或砂舞（儘管舞廳播的紅歌相對要少），在紅歌中起舞，在紅歌中摸奶、吹簫、站樁、打手槍直到射精，幾乎算得上當代中國世俗生活一大特色。它至少還證明了一點，經過半個多世紀的共產黨統治，大多數普通民眾，他們的一些審美和喜好，也折射了政權的審美和喜好。不論主動被動，隨著紅歌起舞，既是《一九八四》之中，英社黨要求普羅們擁有的那種原始愛國主義，也像已故捷克劇作家和政治家哈維爾所說：「個體確認了這一體制，實現了這一體制，造就了這一體制，成為了這一體制。」

混跡洞洞舞廳一年多，幾乎每次，我會特別留意不同舞廳播的伴舞音樂。區別不是太大，通俗或俗氣是共通，大部分也難聽，但不要緊，本來就是當代中國特色的通俗或俗氣場所，不必期望〈藍色的多瑙河〉、阿根廷探戈、午夜爵士和法國香頌。偶爾，我會聽到〈加州旅館〉，但也只是舞女舞客相對年輕的某家十元舞廳才放，砂起來當然更有激情。

在山大王的巢穴這個低端中的低端，我聽到一回〈拉德茨基進行曲〉，也算異數。有次，山大王還播劉家昌詞曲的〈中華民族頌〉。想起很多年前看過鄧麗君某個演唱會的錄影，其中有段：「中華民族，中華民族，經得起考驗，只要黃河長江的水不斷。中華民族，中華民族，千秋萬世，直到永遠。」鄧把中華民族改成了中華民國，於是以為洞洞這個版本，唱的也是中華民國。再聽，自己神經過敏。鄧的這個版本，即使

4 也就是上面提到的諸多禁止。

老掉牙，那也是「境外曲庫」才可能有的「反動歌曲」，不可能在山大王的巢穴迴蕩。

只是，對我來說，在洞洞舞廳聽紅歌，哪怕夾在「靡靡之音」之間（「不是因為寂寞才想你，而是因為想你才寂寞」，或者「夜已沉默，心事向誰說」），我也避不開這個政權對歷史和現實的虛假演繹。即使在這「污穢之地」，歐威爾筆下的「老大哥」，依然不會放過每一個人：「我是一個兵，來自老百姓，打敗了日本侵略者，消滅了蔣匪軍。」「小小竹排江中游，巍巍青山兩岸走，雄鷹展翅飛，那怕風雨驟，革命重擔挑肩上，黨的教導記心頭。」「唱支山歌給黨聽，我把黨來比母親，母親只生了我的身，黨的光輝照我心。」

有時候，聽得太多，某首紅歌，甚至跟我對某家舞廳的記憶重疊，因為我知道，下午場某個時段，這首〈洗衣歌〉就會出現：「是誰幫咱們翻了身呃？是誰幫咱們得解放呃？是親人解放軍，是救星共產黨，呷拉羊卓若呷拉羊卓若桑呃，軍民本是一家人，幫咱親人洗呀洗衣裳呃……」

去年深秋，風聲依然很緊，省城各家舞廳也愈來愈亮，警察不時臨檢。有天下午，在另一家陳舊擁擠的五元洞洞，第一次也是僅有的一次，我聽到了〈習大大愛著彭麻麻〉：「中國出了個習大大，多大的老虎也敢打，天不怕嘿地不怕，做夢都想見到他！中國還有個彭麻麻，最美的鮮花送給她，保佑她祝福她，興家興國興天下……」沒人詫異，也沒人特別興奮。所有普羅，從穿得暴露站成一排的孃孃，到舞池中貼在一起蠕動的男女，該拉客的拉客，該摸奶的摸奶，各自忙著自己的生計或「低俗」娛樂。這一曲，應該沒人多收，應該還是五元。

五

中國國務院頒布的《娛樂場所管理條例》第十七條規定：「營業期間，歌舞娛樂場所內亮度不得低於國家規定的標準。」恰如本篇前面所寫，娛樂場所若是出現《條例》羅列的「違反」、「危害」、「煽動」、「宣揚」等事關政治審查的情形，當局絕無手軟；但對娛樂場所亮度的限制，出於外人難知的多種內情，具體到執行，可以時鬆時緊，睜一隻眼閉一隻眼，就像公眾場合隨處可見的「中國夢」宣傳欄和禁菸標誌，多數時間是個擺設。

歌舞廳的亮度也有國家標準？這個「呵護」真是無微不至。網上查找，相關標準有如大海撈針。我只在百度找到一份並非機密的衙門文件，光是標題就有七十九個字，完全可以收進《新話範例》：「廣西壯族自治區人民政府辦公廳關於印發在加強娛樂服務場所管理嚴厲打擊賣淫嫖娼賭博吸毒販毒等社會醜惡現象專項行動中對娛樂服務場所實行重新審核登記若干問題意見的通知（桂政辦〔2000〕154號）」。

廣西這一份文件，列出「娛樂服務場所重新審核的條件」，其中：「歌舞娛樂場所的燈光、音響必須符合標準：舞廳亮度不低於四勒克司，歌廳、卡拉ＯＫ廳不低於六勒克司，包廂亮度不得低於三勒克司，場內噪音要在九十六分貝以下。」勒克司（lux）是照度的國際單位。「舞廳亮度不低於四勒克司」，大概這就是「國家規定的標準」了。

說得通俗些，四勒克司的亮度，大致等於多少瓦的電燈？我請教了一位做過燈具行業的朋友，這是他的解釋：「這是一個光學的密度概念，取決於燈的瓦數、發光效率和房間的面積，以及牆面地面天花板的反射率，如果是ＬＥＤ燈十五瓦的話，$15\times80\times50\%/4=150m^2$。也就是說十五瓦燈泡保證一百五十平方米達到平均照度四勒克司，通常。」

依照這個算法，今年夏天，「有關部門」要求省城舞廳實行「一鍵燈光」之前，幾乎所有洞洞的亮度（小舞廳的舞池，通常也不低於一百五十平方米），肯定不符合「國家規定的標準」。「一鍵燈光」之後，據我目測，絕大部分舞廳奉命安裝的多盞日光色高亮度燈泡，用一位老舞客的話說，「亮得跟照相館一樣」，豈止符合，而且超過了「國家規定的標準」。我不是專業人士，當然沒用照度計現場測量，也不清楚其他國家是否也有類似的「國家規定的標準」。不過，中國當局這一標準，乃至矯枉過正的「一鍵燈光」，肯定不像之前提到的那則區級文化體育旅遊局官方公號所說，是為提升「人民群眾的獲得感、幸福感、安全感和滿意度」。

在當局眼中，「一鍵燈光」，亮得像照相館，大概就是「營造健康文明、充滿正能量的文化娛樂環境」。我也想起之前，幾乎所有舞廳的燈光游擊戰或過家家。警察臨檢，有的舞廳會事先廣播通知（可見「有關部門」也會事先跟舞廳打招呼），有的則靠門外或樓下的監控鏡頭「通風報信」。警察進來時，全場早已大亮，不管你跳什麼舞，不管你在做啥，大家一哄而散，坐回或站到茶座與舞池周圍。警察通常走一圈，有時也用手機拍照或錄影，例行公事，大家也給面子，保安還敦促抽菸的舞客把菸滅了。當然，最怕警察的，是穿得暴露的舞女，躲進廁所或更衣室，要麼擠到人後。有次，我看到一位孃孃，因為見多這類場面，隨手用髮夾把低胸領口夾成良家婦女，這是她的處變不驚。

有了「一鍵燈光」殺手鐧，這樣的游擊戰或過家家，即使終究也會淪為中國特色的走過場，相當一段時間卻難重演，尤其為期三年的「掃黑除惡」依然來勢洶洶。有的，只是審查與自我審查。奇怪的是，中共政權的娛樂場所管理條例或辦法無微不至，卻未規定男女消費者必須穿得「健康文明充滿正能量」。但在中國，既然一切形式的賣淫嫖娼都是犯法，「禁止有償陪侍」的舞廳，穿得暴露的女性雖不犯法，但你至少就有了賣淫或「從事色情活動」的嫌疑，舞女們自然也就害怕警察了。今年夏天，有位舞女告訴我，她怕警察把她帶走，不僅罰款，還要登記身分證，現在什麼資料都輸入電腦，萬一自己上了黑名單，說不定還會影響念小學的兒子將來升學就業。她的恐懼，恰好證明技術極權主義的鉅細無遺。

燈亮了，肯定影響很多舞廳和舞女的生意和收入。可是，一旦「違規」，被迫「停業整頓」，少則三月，多則半年，甚至開門無期，你是願意關門，還是寧肯小心翼翼繼續做生意？（去年九月，我在網上看到省城某舞廳收到的「責令停業整頓通知書」，某某派出所「民警進行檢查時，現行查獲三男三女正進行淫褻色情活動的人員，上述三名女性以每首歌曲收取五元人民幣為報酬，分別與三名男性相互摸擦身體生殖器等敏感部位的方式共同跳舞……現責令停業整頓三個月」。）

沒有哪家願意「停業整頓」。有些舞廳，於是被迫自我審查，在入口處張貼告示，譬如：著裝暴露舞姿不雅者禁止入場；本舞廳係正規娛樂場所，嚴禁賣淫嫖娼，如有發現，立即扭送公安機關處理，等等。「掃黑除惡」開始，有的舞廳還在場內高懸中國特色的新話紅幅：「嚴懲黑惡勢力，維護社會穩定。」只可惜，這條「護身符」不起作用，還是只有被迫暫時關門。

「掃黑除惡，重拳出擊」之後，有家平時冷清的小舞廳，燈開始亮得像照相館，本有一些遮掩的舞池，平時可讓舞女舞客摸摸搞搞，現在重新調整，深水區或渾水區成了兒童戲水池，摻茶倒水的夥計和保安也掛上了工作牌。那一陣，省城數十家舞廳幾乎全部關門，只有這家開著，或許因為門口掛著的那塊牌子：省城舞廳協會祕書長單位。無處可去的舞女和舞客，多半湧來這裡。有天晚上，廣播兩次響起：「舞友們請注意，請後面有些舞友，注意你們的不文明舞姿，不要影響其他人跳舞，請你們馬上改正！馬上改正！」這，大概是我在洞洞迄今聽到的最可笑最荒誕的提醒或警告，讓你想起阿富汗的塔利班和伊朗的宗教警察。

最可憐的，還是舞女。「危害社會家庭和諧，以色相引誘男士」（借用上一章那位「舉報群眾」的話），她們不僅最怕警察（彷彿警察的職責不是保護她們，而是以她們為敵），也最脆弱最可欺，尤其非常時期。去年深秋一個下午，警察到現已倒閉的某家五元大舞廳臨檢。穿得很少的妹子和孃孃，紛紛從後門溜出，跑到舞廳上面的露天花園躲避。天不暖和，她們有的冷得抱緊自己的肩膀，因為來不及穿上厚衣服逃跑。有個妹子，穿著舞客的衣服逃出來。有個男人，該是舞客，跑到外面給妹子送衣服。把守後門的舞廳保安卻很凶惡，用粗言穢語在背後罵著一個妹子。還有一個保安很不耐煩，大聲訓斥：「從現在起，只准穿牛仔褲和T恤！妳們跑啥子跑！」（面對警察臨檢，另一家舞廳的保安較為溫和，我看到一個保安走到一位孃孃面前，像在懇求：「妳穿保守些嘛。」站成一排的孃孃們一陣呵笑。）這一幕，讓我想起中國城管，也是這樣呵斥和驅趕「非法小販」。在這個政權眼中，不論小販還是舞女，都是「無惡治亂」的當然目標，甚至不如《一九八四》裡面的普羅，因為他們連自生自滅的權利也難以得到。

比起技術極權主義管制之下缺少基本權利和尊嚴的屁民，開放社會的性工作者，雖不至於經受如此審查與懲罰，但也並非身在天堂；這些國度的性工作者，也得面對嫖客的暴力甚至謀殺，還有警察的騷擾、敲詐甚至威逼。朱諾．麥克（Juno Mac）和莫莉．史密斯（Molly Smith），是英國的兩位性工作者，也是維護性工作者權益的行動者。去年，她們合著了一本書，《反抗的妓女們：為性工作者的權利而戰》（*Revolting Prostitutes: The fight for Sex Workers' Rights*），以全球視野和豐富例證，分析探討不同國度包括LGBTQ在內的性工作者之當代境遇，挑戰包括女權主義在內的諸多陳見與偏見。作者寫道：「對於很多人，性的確可以是休閒娛樂的和隨性所欲的，或在某種程度上『毫無意義』。」

但這並不等於兩位作者鼓吹濫交，而是以理性和現實態度看待性行業和性交易，既不美化也不妖魔化性工作者，因為她（他）們絕大多數只是以此為生，並非「危害社會家庭和諧，以色相引誘」。「就其核心意義，以性換錢——如同遷徙、使用毒品和墮胎——是因應特別需要的一種合法與實際的人類反應。」作者也寫道：「以刑法來阻止任何人賣淫很難。入罪會讓賣淫更有危險，但是國家無法完全限制一個人賣春或買春的能力。所以，對於那些一無所有的人——缺乏訓練、資質或設備——賣淫是為了生存的永久策略。走上街頭等客幾乎不需要先決條件。」所以，在選擇不多的幾乎所有的窮人眼中，為了生存的性工作，是可以投身的最後一道「安全網」。

《反抗的妓女們》最有啟發和令人欣慰的一章，講述和分析了紐西蘭和澳大利亞新南威爾斯州前些年相關立法的得失，即讓賣淫除罪化（decriminalization），並以勞工法保障性工作者的權益：「取消了對站街和經營妓院的處罰，允許性工作者集體執業或在有人管理的妓院工作。雇主通過勞工法對性工作者負責。這一準則贏得了女權組織、人權機構和大赦國際、人權觀察、聯合國愛滋病規畫署和世界衛生組織的讚揚。」

紐西蘭和澳大利亞新南威爾斯州賣淫除罪化一大善果，就是性工作者不再像以前那樣害怕警察，能以自己的合法勞動換取應有的報酬。她們跟其他人一樣，都是正大光明的勞動者，不是「社會醜惡現象」的化身。一名叫克萊兒（Claire）的性工作者說：「我們以前都在最黑暗的地方，真的就是很不正當。」現在，她們無需躲藏了，更不需要像中國的同行們那樣因為警察臨檢從後門溜走。不僅如此，性工作者與警察的關係也有改善。警察的作用，難道不是防止犯罪與保護公民？根據書中數據，百分之六十五的站街女覺得，因為新的立法，警察有所改觀。七成性工作者認為，大多數或所有的警察在意她們的安全。二〇一四年，紐西蘭一名警察還幫助一位性工作者討回客人應給的錢。這名警察陪著客人到提款機取錢。警方發言人就此回應記者：「警察會幫助任何有紛爭的公民，不論他們是性工作者，還是在披薩店工作。」

不過，《反抗的妓女們》最讓我難忘的，還是紐西蘭妓女合作社（New Zealand Prostitutes' Collective）的安娜．皮克靈（Annah Pickering）寫的一則報導。賣淫除罪化的法律通過之後幾天，皮克靈旁聽了奧克蘭地區法院對一位站街女的判決。因為拉客，這位站街女在新的法律三讀通過前夜被抓。「法官看著她的起訴書宣布：『女士，您不再是個罪犯。您的罪行今天不再有了。賣淫除罪化了。您可以走了。』」

要是看到這篇報導，在另一個國度，在最黑暗的地方，害怕警察來洞洞舞廳臨檢的那些妹子們和孃孃們，她們一定非常羨慕這位不再是個罪犯的紐西蘭站街女。

二〇一九年十月寫於「羅馬」、洞洞舞廳、新二村和營通街

附記　洞洞舞廳與街頭茶館

即使這些年，成都很多街巷面目全非，舊城盡毀於官方一波接一波的折遷與「改造」，街頭茶館依然層出不窮，當地人依然喜歡坐在路邊，一邊呼吸骯髒空氣，一邊喝著五元一杯的茉莉花茶，江山易改，本性難移。

成都是個奇怪的中國城市。

只看官方宣傳，成都讓人嚮往：連續十三年「中國最具幸福感城市」第一名，連續八年「中國最具投資吸引力城市」第一名，連續六年中國新一線城市榜首。二〇二一年，人口兩千萬的所謂大成都，「確立了城市的新品牌：雪山下的公園城市、煙火裡的幸福成都。」

這幾年，不論官方抑或民間，吹捧成都已是常態。登上中國網路，這類「成吹」或「蓉吹」（蓉是成都別稱），一搜即有。有篇「成吹」微信公號文寫道：「『雪山下的公園城市』已成為最能代表成都的一張城市名片，在大都市遙望雪山，已融入成都人的生活日常」，「唐代大詩人杜甫的『窗含西嶺千秋雪，門泊東吳萬里船』，坐在家中遙望雪嶺雪山正愈來愈多的出現在人們的生活中。」據說，世界千萬人口的大都市，只有成都才有「長達千里、最高點達六千多米的雪峰天際線」。

然而，Smart Air，一家鮮為人知的環保企業，分析了中國十六個主要城市二〇二一年的空氣品質，成都的PM二．五濃度，只比前年下降百分之二，空氣污染高於北京。身在成都，查看智慧型手機安裝的空氣品質APP，已是我的日課，而且每天不只查看一次。一年四季，尤其寒冬，成都時常陰雲密布，霧霾深鎖，天色猶如人間地獄；空氣品質APP即時列出的全球污染最嚴重城市，成都很多時候位居前十位或前二十位。

所以，除非你在成都不多的大晴天刻意登高，你根本看不到「長達千里、最高點達六千多米的雪峰天際線」。空氣污染，而非「雪山下的公園城市」，才是這裡的生活日常。

在習近平的「新時代」，尤其新冠肺炎於武漢爆發進而擴散全球之後，中國當局對外愈加霸凌，對內控制日緊，中國特色的國家資本主義和技術威權主義如日中天。不少中國民眾，常年被官方的國家主義和愛國主義宣傳洗腦，欠缺真正的國際、歷史視野與獨立思辨，也心甘情願跟著當局的「主旋律」狂舞，自信心無限膨脹，以為中國真的強大且為世人尊重了。上列「成吹」或「蓉吹」，浮誇可厭，有見識的成都人也覺得虛假，只是當代中國的洋洋自得在一個內陸城市的折射或縮影。

一個城市的市民有沒有幸福感，真的因人而異。身在不同國度與時代，也有不同感受。北韓多數民眾，常常覺得他們活在世界上最幸福的國家，就像北韓一首歌所唱，「我們最幸福。」我念小學時，也認定自己這一代人是全世界最幸福的少年兒童，因為我們生在新中國長在紅旗下，有戰無不勝的毛澤東思想，有無比優越的社會主義制度，吃得飽穿得暖。要到成人之後，心智漸開，我才明白，真正的幸福，不單限於衣食起居生活無憂，更在於公民的言論自由、資訊自由等基本權利是否得以保障，更在於內心與精神是否有免於恐懼的自由。

可以肯定，評定當代中國最具幸福感的城市，不會有言論自由和內心自由這類指標。然而，拋開這類指標，拋開天啟一般的（apocalyptic）空氣污染，若論動物或感官層面的幸福感，成都的確可以躋身當代中國最具幸福感的城市，不管有沒有官方宣傳的那些第一名，也不管有沒有身在公園遙望雪山的生活日常。至少，對於草根市民，這裡還有五元一杯茶的街頭茶館與五元一曲舞的洞洞舞廳，比起大熊貓、川劇變臉、杜甫草堂、寬窄巷子和米其林川菜館，它們是真正的人間煙火。

走遍全中國的大城市，只有成都才有隨處可見的街頭茶館。這些茶館，不是粵港等地的茶樓，所謂飲茶，實則「一盅兩件」，吃吃早餐，嘆嘆下午茶；也不是精緻高雅的品茗佳所，甚至還有神神叨叨的茶藝表演。成都的街頭茶館，是草根市民消磨時光的簡陋所在，更像我在印度、緬甸等國大城小鎮見到的那類街頭廉價茶檔，販夫走卒，嫖客舞女，也可坐下來喝一杯茶，出一會兒神。

成都的街頭茶館究竟有多少，恐怕無人也毋需精確統計，我的估算至少數以千計。中國現代文學最好的一位小說家李劼人就是成都人，他的代表作《死水微瀾》就有寫到清末的成都茶館。文化大革命時，熱中「破四舊」的紅衛兵，把坐茶館視為消磨革命鬥志的剝削階級閒情逸致，我聽一位老者回憶，當年茶館停業，想去喝杯茶也不容易。浩劫過後，茶館並未消失。即使這些年，成都很多街巷面目全非，舊城盡毀於官方一波接一波的拆遷與「改造」，街頭茶館依然層出不窮，當地人依然喜歡坐在路邊，一邊呼吸骯髒空氣，一邊喝著五元一杯的茉莉花茶，江山易改，本性難移。

街頭茶館多，足證當地的閒人或「懶人」較多。即使現在，成都房價也低於北京、上海、深圳和蘇杭等地，物價不算太過昂貴，只要不求奢華，民眾毋需太過劬勞，即可應付日常生活；除了高檔寫字樓的商務白領這類人士，普通市民生活節奏也較舒緩。就以我經常出沒的「勞動人民第二新村」（俗稱新二村）為例，這片上世紀中後期修建的平民樓宇，是市中區僅存的草根聚居地，略有三、四個足球場大小，都是六、七層舊樓，住戶多為幾十年前拆遷到此的成都居民，也有外地打工仔和小商販。新二村還是大型街市，菜販肉販魚販和水果販等等，沿著區內樓宇之間的狹窄街巷為市，早晚都如鄉鎮趕集。就是這樣一個地方，竟有四、五家露天或半露天茶館，不管你是什麼人，讀書閒聊發呆，搓麻將打撲克，五塊錢買一杯茶，就可樹下路邊坐上一天。

成都的街頭茶館坐久了，有意無意，你會不時聽到周圍茶客的閒聊。比起上海話、廣東話、閩南話，成都話聽出一個大概不是太難。你可能聽到鄰桌三個大叔在聊昨晚去過的某家洞洞舞廳，他們跟哪些婆娘跳了好多錢，哪個婆娘身材好咪咪大，哪個婆娘既不懂事又很難纏，他們後來又跟哪些婆娘出去宵夜乃至開房。運氣好的話，你還能遇到恩客約出來喝茶的舞女，多為半老徐娘，妝扮也不妖豔，跟良家人妻無二。她們和恩客天長日久跳熟了，既像親情多於愛情的老夫老妻，又像禮尚往來的生意夥伴，甲方乙方，你照應我，我也識得做人。

洞洞舞廳一名，正是源自成都。一九七〇年代後期，毛澤東的暴虐統治和革命清教主義告一段落，中共漸漸放鬆對庶民生活的全面控制。舞廳，這一「資產階級腐朽墮落的生活方式」，也在中國大小城市「死灰復燃」。成都當時有些舞廳，開在市中區幾處防空洞內（毛時代防備蘇聯核攻擊的戰備設施），就此浪得洞洞舞廳大名。即使現在，開在防空洞或地下室的舞廳已經不多，成都人還是習慣把所有舞廳稱為洞洞舞廳。不單如此，因為散落全城，消費低廉，既跳一本正經的三步、四步和探戈等交誼舞，更有曖昧色情的砂舞（跳這舞時，舞池燈光昏暗或全黑，男女身體緊貼，髖胯相互摩擦，彷彿砂輪打磨，所以叫作砂舞，大家於是也把洞洞舞廳稱為砂舞廳），幾十年來，即使當局以掃黃為名多番整肅，成都的洞洞舞廳也從未面臨滅頂之災，反而「臭名遠揚」。據我聽聞，甚至有外地舞客專門搭飛機來成都，下了飛機直奔舞廳。

如同街頭茶館通常五元一杯茶，成都的洞洞舞廳，現在也多五元一曲舞的消費（舞廳一曲舞，大概三、五分鐘）。五元一杯茶和五元一曲舞，「客戶體驗」當然難臻上佳，然而這是草根消費，好比粗茶淡飯，解渴充飢足矣，講究挑剔的茶客或舞客，大可光顧高檔茶樓與十元一曲舞的舞廳。成都雖是洞洞舞廳發源地，中國別的城市，如瀋陽、西安、昆明和蘇州，也有類似場所，有的叫「黑燈舞廳」，有的叫「摸摸舞廳」。我問過幾位有所踏足的外埠朋友或讀者，這些地方的同類舞廳既沒成都多，消費普遍也比成都高。

成都現在究竟有多少家洞洞舞廳，這個問題，就像估算成都有多少街頭茶館，只能說個大概。前兩年，為了撰寫本書蒐集素材，我去了約莫三十家大大小小的洞洞舞廳。比照中國網路上發布各地舞廳訊息的微信公眾號文章（這類公眾號，很像前些年香港報紙成人副刊的風月指南），成都的舞廳我大致去了八成，也就是說，考量中國當局對新冠疫情的「歸零」策略和對洞洞舞廳的不斷「整改」（據聞西安和昆明的同類場所這幾年就遭重創），考量即便如此仍有舞廳新張大喜或改頭換面，成都的洞洞舞廳，現在該有四、五十家，很難得了。所以，我把成都稱為砂舞之都，比起官方宣傳的什麼「國際美食之都」、「音樂之都」、「會展之都」，這更有意思；洞洞舞廳，甚至可以申請上榜聯合國世界非物質文化遺產名錄（UNESCO Intangible Cultural Heritage Lists）。

這當然是我的戲謔之辭，或是對當局以浮誇手法推廣城市的反諷。不過，這類浮誇並不出奇，正好映照中國當局近年來整肅思想文化界和明星娛樂圈的諸多舉措，譬如習近平所謂「講好中國故事，傳播好中國聲音，展示真實、立體、全面的中國，是加強我國國際傳播能力建設的重要任務」。可嘆的是，「真實、立體、全面的中國」，在官方話語中，只能有一種模式，那就是「用中國理論闡釋中國實踐，用中國實踐昇華中國理論，打造融通中外的新概念、新範疇、新表述，更加充分、更加鮮明地展現中國故事及其背後的思想力量和精神力量」。

這段沉悶醜陋的中文，說穿了，是要告訴你，若要「展示真實、立體、全面的中國」，你只能傳播「正能量」。什麼是正能量？用百度百科同樣沉悶醜陋的闡釋，亦即「把消息分成正面的和負面的，這個本身和階級立場是有決定關係的。所有符合社會主義核心價值觀的積極、健康的、感化人性、催生健康的政治和經濟秩序的新聞和消息，就是『正能量』。若從行為角度去觀察，只要是為著善的結果，推進事物向著公平、法治、民主的方向，有益於公眾，集體利益的行為，都是有正能量的行為」。

照此標準，成都的街頭茶館和洞洞舞廳，尤其後者，算不算「真實、立體、全面的中國」，有沒有傳播「正能量」，算不算「中國最具幸福感城市」的構成要素（哪怕這個幸福感，依然囿於動物或感官層面），都是很有疑問的。這也是為什麼，本書即使沒有太多涉及敏感的政治話題，依然不可能在道德與文化保守主義和文字審查大行其道的當代中國出版，因為書中寫到的洞洞舞廳人與事，除了散播「淫穢色情和低級趣味」，更有違「社會主義核心價值觀」和「釋放正能量」。

前幾天收到大塊文化發來的電郵，確認本書將以《洞洞舞廳》一名在台出版，並囑我給台灣和華語世界的本書讀者寫篇文章，講一講四川成都的在地文化，還有成都為什麼是「世界砂舞之都」。我想了想，只能從成都這個奇怪的當代中國城市說起，從空氣污染的生活日常說起，再從五元一杯茶的街頭茶館，轉換到五元一曲舞的洞洞舞廳，唯願讀者諸君讀了上述文字，多少知道一個大致背景，翻開這本書不至於一頭霧水。

《洞洞舞廳》完稿已逾一年，全球新冠疫情仍未普遍減退，相較歐美各國與病毒共存的應對策略，中國當局為了「彰顯社會主義制度優越性」，「打贏同心抗疫人民戰爭」，繼續緊鎖國門，借助技術威權主義利器，對疫情實施「清零」，譬如前不久的西安封城，還有一些城市全民漏夜檢測核酸。成都暫時逃過封城這類厄運，街頭茶館和洞洞舞廳，雖在疫情最緊張時奉命收攤或關門，多數時間照常營業。洞洞舞廳的人氣，若非當局因為防疫而勒令限制入場人數，幾乎跟疫情前一樣火爆。只有一個明顯變化，就是不少舞客和舞女戴上了口罩。

茶照喝，舞照跳。也許，就中國而言，成都真的是個最具幸福感的城市。

二〇二二年二月寫於成都金仙橋

國家圖書館出版品預行編目資料

洞洞舞廳：跟曖昧中國一起跳舞／周成林著. -- 初版.
-- 臺北市：大塊文化出版股份有限公司, 2022.08
276面；14.8×20公分. --（mark ; 172）

ISBN 978-626-7118-65-8（平裝）

857.85 111009362

LOCUS

LOCUS

LOCUS

LOCUS